OJOS VERDES

Animarse a mirar la vida puede cambiar tu destino

NADIA CECILIA LAVARDA

ISBN: 9798701673524

Quiero dedicar esta novela especialmente a todas esas mujeres que alguna vez sufrieron situaciones que nunca debieron de suceder y que, a pesar de eso, se atrevieron a levantar la cabeza y afrontar la vida, a aquellas que lucharon, luchan y seguirán luchando para dejar atrás el dolor, abriendo su corazón al amor y a la esperanza de que todo puede mejorar si hay deseos de cambiar, nada ni nadie tiene el derecho de arrebatarte la sonrisa; mujer, ten presente que eres especialmente bella para alguien, no te rindas, siempre habrá una mano dispuesta para ayudar a levantarte.

CONTENIDO

AGRADECIMIENTOS

Agradezco inmensamente a todos aquellos que siempre me han apoyado para llevar adelante mi sueño, en especial a mi mujer Florencia, que me animo a volver a escribir. A toda mi familia, amigos por su cariño de siempre y a los profesores que me enseñaron el amor por la literatura.

Sobre todo gracias a los lectores por ser parte de esta historia. Espero de corazón que nos volvamos a encontra pronto.

CAPÍTULO 1

El cielo se encuentra completamente despejado, el sol calienta la tarde de otoño en el patio del correccional de mujeres, ubicado en la localidad de Ezeiza, Buenos Aires, Argentina. El lugar se encuentra custodiado por varias guardias de seguridad apostadas en cada rincón. Mantienen sus miradas firmes hacia nosotras, las reclusas. Desde la torre principal una de ellas sostiene un arma larga en alto para amedrentar cualquier intento de disturbio.

Dos grupos de diez mujeres por equipo disputamos un partido de fútbol sobre una cancha de tierra; la polvareda se pega en mi piel blanca por el sudor que recorre mi cuerpo delgado; llevo mi cabello castaño oscuro recogido y desprolijo, como lo hago habitualmente, mi remera negra añejada y desteñida está mojada, mi short de jogging de color gris y mis zapatillas maltrechas están tan cubiertas de tierra que no se distingue el color. Llevo dominado el balón en mi pie derecho, con gran habilidad avanzo hacia el arco contrario eludiendo una a una a mis rivales, al mejor estilo Oliver Atom, tengo mis ojos color verdes claros fijados en la meta. Se escucha un gran bullicio, alrededor de los límites de la cancha, marcada por líneas de cal ya difusas, se ubican de pie otras mujeres observando y alentando efusivamente a los equipos, entre ellas se encuentra Érica, mi compañera de celda; ella es de baja estatura, corpulenta, tez trigeña, cabello enrulado y negro como sus ojos delicadamente delineados y con las pestañas arqueadas. ¡Vamo piba, dale dale, es gol! –grita eufórica Érica.

–Ya cerca del área grande me dispongo a patear el balón con dirección al arco, cuando de repente, desde atrás recibo una brutal patada a la altura de mi rodilla izquierda, caigo desplomada, siento un profundo dolor, tomo mi rodilla con ambas manos, mientras me retuerzo tirada en la tierra. La responsable de tal brutalidad es "la morocha" quien se incorpora inmediatamente y me increpa.

–¡Dale, levantate muda! ¡Dejá de llorar! –grita "la morocha".

Ella tiene un aspecto intimidante, piel oscura, cabello negro largo y lacio, un flequillo que cubre la mitad de sus ojos negros; en su pómulo derecho lleva tatuada una pequeña daga, le falta un diente incisivo izquierdo, el cual seguramente lo habrá perdido en alguna pelea.

Me levanto abruptamente y con ambas manos empujo sobre el pecho de "la morocha" haciéndola retroceder. Enseguida comienza el griterío, alentando el combate. La mirada de "la morocha" denotan odio e intenta arremeter contra mí, pero Érica se interpone entre nosotras, me toma la cabeza con las dos manos y me mira fijamente. Intento zafarme pero ella me sostiene con más firmeza.

–¡Pará Ámbar, calmate! –dice exaltada Érica.

No puedo entrar en razón y forcejeo, no aparto mi mirada furiosa de "la morocha" que me insita a pelear.

–¡Dale, vení, vení! –me dice desafiante.

–¡Mirame, boluda, mirame! –me suplica Érica.

Finalmente reacciono y me detengo en la mirada de Érica.

–Ya te queda poco, no vale la pena –dice apaciguándome.

Respiro profundo contengo la furia, aprieto mis puños con fuerza, las cicatrices de mi muñeca izquierda de unos cuatro centímetros aproximadamente, se inflaman; *sí, tuve otros momentos peores al que estoy viviendo ahora.* Resuello, lanzo una última mirada rabiosa a "la morocha", aparto las manos de Érica de mi rostro, doy media vuelta y me voy rengueando.

Cae la tarde, los últimos destellos de sol atraviesan los barrotes de la única ventana. El salón está vacío, es amplio de paredes blancas y descuidadas, hay varios pupitres y sillas de caño, revestidas en fórmica de color marrón claro bastante deteriorados, al frente un pizarrón negro con rastros de la clase de matemáticas trazados en tiza blanca. Sentada sobre una silla, ubicada frente a la ventana, retrato el atardecer, con mi lápiz negro, sobre la hoja rayada de un cuaderno espiralado tamaño oficio, apoyado en el pupitre, en el cual se leen varios nombres de personas escritos en birome de diferentes colores, *serán los nombres de los seres queridos que están afuera, tal vez, no lo sé, ni me interesa. Odio por completo este lugar, pero ya me acostumbré, son más de diez años encerrada, olvidé mi vida pasada o al menos eso creía.*

De repente se abre la puerta y entra María Laura, mi abogada. Es una mujer de unos sesenta años de edad, alta, esbelta, cabello rojizo y ondeado, piel blanca y llena de pecas, detrás de sus lentes de marco negro y grueso se ven sus ojos celestes como el cielo, hoy viste su particular conjunto de blazer y pantalón color beige y su camisa de seda blanca, zapatos negros estiletos de tacón bajo. Siento sus pasos que se aproximan hasta mí, sobre la mesa contigua deposita su portafolios de cuero sintético símil cocodrilo negro y una carpeta desgastada de cartulina rosa claro, con varios papales dentro, donde está escrito mi nombre completo **ÁMBAR ROSARIO GUTIERREZ**, supongo que se trata de mi expediente, pero nada cierto debe contener, nadie conoce mi historia mejor que yo. María Laura aparta una silla y se sienta a mi izquierda.

—Hola Ámbar ¿Cómo estás? —saluda gentilmente.

La miro, le sonrío tenuemente, enseguida continúo dibujando.

—Tengo algo importante que contarte —dice entusiasmada, hace una pausa tratando de captar mi atención y continúa su relato —. La jueza te concedió la libertad, mañana ya podés irte.

Sigo dibujando como si no hubiera escuchado nada, será que la palabra libertad nunca significó nada en mi vida.

—Por favor, prestame atención —me dice mientras apoya su mano sobre mi hombro izquierdo.

Dejo el lápiz sobre el cuaderno y le dirijo la mirada.

—Sé que es difícil volver a empezar, pero que las cosas cambien solo va a depender de vos, es tu oportunidad de hacer algo bueno con tu vida —dice en tono maternal y mira su reloj —. Lo que me pediste ya es hecho —continúa diciendo.

Se pone de pie, toma su portafolio y la carpeta, se queda parada detrás de mí.

—Tu abuela está internada, los médicos dicen que no le queda mucho tiempo de vida, supongo que no te interesa la noticia, pero cumplo en informarte. Nos vemos mañana —dice despreocupada.

Escucho los pasos de María Laura que se alejan y la puerta que se cierra. Exhalo una bocanada de aire contenido, entrelazo mi cabello húmedo con mis dedos, apoyo los codos sobre la mesa, demasiadas preguntas pasan por mi cabeza y una sola certeza, no tengo las respuestas.

La noche se hizo presente, hoy se siente especial, porque es la última vez que ceno en este basurero, sobre esta mesa fría de metal despintado, sentada en este banco atornillado al suelo, rodeada de estas paredes sucias y sus celdas malolientes; observada desde todos los ángulos; frente a mí, Érica devora unos tallarines con salsa roja que huelen a rancio, servidos en una bandeja plástica descartable, mientras yo juego a enroscar la pasta con el tenedor de plástico, sin probar un bocado; abstraída.

–¡Muda! –me llama Érica.

Levanto la mirada hacia ella.

–¿No va a comer? –pregunta con su ideocleto tan particular.

Niego con la cabeza y le arrimo la bandeja. Enseguida comienza a comer, siento náuseas de ver como disfruta ese platillo, definitivamente creo que Érica no le hace asco a nada, en todos los sentidos.

De repente aparece "la morocha" y se para a un costado de la mesa con una postura agresiva. Ni siquiera le dirijo la mirada.

–Me enteré que te va… A la final dejan salir a cualquiera de acá –dice en tono de burla.

–¿Por qué no te dejá de joder, morocha? –dice Érica poniéndose de pie.

–Vo no salté que no le voy a hacer nada a tu novia, nada ma quería despedirme –le responde en tono agresivo.

Me levanto e intento irme, pero "la morocha" me toma fuertemente del brazo derecho.

–¿A dónde va? –me dice desafiante.

Con un movimiento certero zafo mi brazo de la mano de "la morocha" le lanzo una mirada de odio. Érica me toma por la cintura y me aparta justo cuando una guardia se acerca hacia nosotras.

–Dejala a esta hija de puta, no le dé cabida, vo ya está afuera –dice Érica mientras me empuja hasta salir del lugar.

Dentro de la celda oscura y desordenada hay una mesa rectangular y dos sillas de plástico, un ventilador amurado a la pared amarillenta por la humedad, dos armarios de chapa despintada, una tv led de veinticuatro pulgadas, tres camas simples y dos estilo marineras de caño color gris, una de estas está ocupada por Érica en la parte inferior y yo en la parte superior.

Todas mis compañeras duermen, mientras yo estoy recostada boca arriba sin poder conciliar el sueño, recuerdos invaden mis pensamientos.

—¡Basta por favor! —suplica una mujer con voz solloza —. ¡Callate hija de puta porque te mato! —voz de hombre en tono amenazante —. ¡Mami! —voz de niña desesperada —. ¡Salí de acá, Ámbar! —ordena la mujer —. ¡Vení para acá! —voz agresiva del hombre —. ¡No! —voz llorosa de la niña —. ¡Soltala hijo de puta! —grita la mujer desesperada, llanto desesperado de la niña.

Cubro mis oídos para callar las voces, siento un sudor frío que recorre mi cuerpo, mi respiración se acelera, no puedo contener las lágrimas, intento no perder la calma, lentamente mi pulso se desacelera, giro sobre mi cama y me aferro a la almohada, cierro mis ojos llenos de lágrimas, hasta que me invade el sueño.

Finalmente el gran día llegó, me visto con mi mejor jeans, remera de manga larga, campera con capucha de algodón negro y borcegos del mismo color, recojo mi cabello con un liga.

Una compañera de celda pasa a mi lado y me estrecha en un cálido abrazo, luego de una sutil palmada sobre mi espalda se retira.

Érica está sentada al borde de su cama cabizbaja.

—Que bueno que te va de este agujero de mierda —dice acongojada.

Me siento a su lado, la miro con nostalgia.

—¿Esta segura de dejar todas tus cosas acá?

Afirmo con la cabeza.

–¿Sabé una cosa?, voy a extrañar tu silencio –bromea.

No puedo evitar sonreír, sin dudas Érica fue la única persona que valió la pena conocer en este lugar.

–Cuidate mucho, dentro de poco me toca salir a mí y quiero verte bien –hace una pausa corta –. Te quiero mudita –dice en tono amoroso.

Inmediatamente la abrazo fuertemente, ella me envuelve con sus brazos cálidos, no quiero soltarla, sé que me va a hacer mucha falta cuando esté allá afuera; enseguida nos separamos lentamente, tomo sus manos y las beso una a la vez, cruzamos nuestras miradas con añoranza, el maquillaje de sus ojos está desalineado por sus lágrimas acumuladas, suelto sus manos, me pongo de pie y me retiro a paso decidido sin mirar hacia atrás.

Atravieso el último alambrado que me separa de la libertad, el aire se siente más liviano, me detengo y miro al cielo, el sol brilla más que nunca, un tumulto de sensaciones me invade, tengo ganas de salir corriendo, pero estoy paralizada. De repente escucho la bocina de un auto que me devuelve a la realidad, observo a mí alrededor y veo que se abre la puerta del lado del acompañante de un Peugeot 208 color gris, apresuro mi paso y subo al vehículo, cierro la puerta y María Laura me da la bienvenida con una gran sonrisa en su rostro.

–¡Muy buen día!

Hoy viste su típico traje de abogada de color negro y camisa blanca, tiene el blazer desabotonado atravesado por el cinturón de seguridad.

–¿Vamos? –pregunta en tono de afirmación.

Afirmo con la cabeza, me coloco el cinturón de seguridad, respiro profundo, me siento aterrada. María Laura arranca el motor del auto y enseguida estamos en marcha.

Estoy parada frente a la puerta abierta de madera agrietada de la que alguna vez fue mi casa, juntando el valor necesario para reencontrarme con mis más profundos secretos y miedos, mis pulsaciones comienzan a acelerarse, estoy a punto de entrar en pánico, pero antes de darme cuenta ya estoy dentro de la casa. Todo parece estar detenido en el tiempo, hay polvo sobre los muebles, telarañas en los rincones de los techos, suciedad en los pisos de granito verde, el ambiente huele a encierro y humedad. De repente se enciende la luz del comedor, me llevo un susto enorme, enseguida aparece María Laura y deja un bolso negro de tamaño mediano arriba de la mesa de algarrobo oscuro.

–Junté algo de ropa de mis hijas, espero que sea de tu talle; además está la plata y los papeles que vas a necesitar.

Me aproximo y abro el cierre del bolso, veo algo de ropa, varios fajos de dólares y pesos argentinos, una carpeta marrón cerrada por dos elásticos negros, un block de hojas blancas, una caja de lápices de colores y un teléfono celular; tomo el teléfono y se lo muestro a María Laura.

–Ya tiene mi numero agendado y yo tengo el tuyo, así podemos estar comunicadas, por si llegaras a necesitar algo.

Guardo el celular en el bolsillo de mi campera. María Laura mira su reloj, resuella.

–Me tengo que ir… ¿Vas a estar bien? –pregunta preocupada.

Me abalanzo hacia ella y la abrazo, ella sorprendida me abraza con un gesto maternal.

–Cuidate mucho por favor –dice conmovida.

Enseguida nos separamos, María Laura acaricia mi mejilla, da media vuelta y la veo irse con el sonar de sus tacones, cerrando la puerta de entrada detrás.

Miro a mi alrededor, mi visión comienza a nublarse, otra vez esta maldita taquicardia, tambaleo, apoyo mi espalda contra la pared y me dejo caer resbalando sobre ella; respiro agitada, trato de controlar mis pensamientos, lloro, mis manos sudan temblorosas, siento que lucho contra una fuerza invisible que me quiere arrastrar hacia la oscuridad.

–¡Nooooooooooo! –grito con todas mis fuerzas.

Repentinamente salgo de mi estado de shock, recobro mis sentidos, me pongo de pie, me siento algo aturdida, no sé si realmente me salió la voz o fue solo mi mente. Salgo corriendo y entro a la que fue mi habitación, enciendo la luz, solo queda una mesa de luz, la cama y un colchón sucio, abro las puertas del placard laqueado blanco, tomo la ropa que cuelga de las perchas y las tiro arriba de la cama, rápido, abro los cajones y saco con vehemencia más ropa hasta toparme con un cuaderno de tapas duras viejo, mi diario donde escribía todos mis secretos, lo agarro y lo miro hipnotizada por unos segundos, lo arrojo arriba de la ropa, junto todo, apago la luz, salgo de la habitación y vuelvo al comedor, de prisa meto la ropa dentro del bolso haciéndola un bollo, tomo el cuaderno voy hacia la cocina, enciendo la luz, abro una a una las puertas de las alacenas hasta que finalmente saco una botella de ron casi llena, la dejo arriba de mesada de mármol gris y muebles de madera revestida en color naranja, abro un cajón de la mesada, muevo los utensilios de cocina y saco una caja de fósforos, arrojo el cuaderno en la bacha, abro la botella y le doy un sorbo largo, siento arcadas y escupo el ron dentro de la bacha, tiro el resto de la bebida encima del cuaderno, enciendo un fósforo y lo prendo fuego, veo cómo se consumen poco a poco sus hojas envuelto en una gran llama.

Pronto el fuego se extingue y quedan restos de hojas quemadas. Me apresuro para salir de la cocina, apago la luz, llego hasta el comedor amago a agarrar el bolso, me detengo y giro mis pasos hacia un modular grande de algarrobo oscuro con puertas en detalles de vidrios esmerilados, me paro en puntas de pie para alcanzar el techo del mueble y palpo la superficie; agarro una caja de madera y la deposito sobre la mesa, la abro y ahí está, una Browning HP 35 9mm con su cargador separado, tomo el arma y le coloco el cargador, la empuño y la guardo dentro del bolso, camino hacia la puerta de salida, apago la luz y cierro la puerta detrás. Me quedo un momento contemplando la fachada descascarada de la casa, veo el cartel de la inmobiliaria Vargas agarrado a la reja de la ventana anunciando: **VENDIDO**; enseguida cruzo la reja baja de la entrada, saco del bolsillo de mi campera la llave de un auto y desactivo la alarma del Honda Accord automático azul metalizado, que se encuentra estacionado de la mano de enfrente, me subo a la impecable carrocería de tapizados de cuero negro, tiro el bolso en el asiento de acompañante, me coloco el cinturón de seguridad, pongo en marcha el motor y acelero.

Llego hasta el estacionamiento del hospital Posadas, ubicado en la localidad de El Palomar, Gran Buenos Aires, estaciono el auto, apago el motor, miro hacia la entrada, muerdo mi labio inferior dubitativa, amago a encender de nuevo el motor, pero me detengo, escondo el bolso debajo el asiento y salgo del vehículo. Pronto entro al hospital, saco mi celular del bolsillo de la campera, chequeo un mensaje de María Laura que dice: **HABITACIÓN 109 PRIMER PISO. SUERTE**, sorprendida le escribo: **¿CÓMO SABÍAS QUE IBA A VENIR?**, ella me responde: **UN EMOJI QUE GUIÑA EL OJO**, guardo el celular en el bolsillo de mi campera y enseguida subo las escaleras hasta el primer piso, camino por un pasillo frío de azulejos blancos, me detengo frente a la puerta de la habitación ciento nueve, respiro hondo y entro, ahí la veo a mi abuela Juana, acostada en la cama con los ojos cerrados, tiene puesta una mascarilla de oxígeno, respira pausado y profundo, tiene la vía del suero conectada a su brazo derecho y en su dedo índice tiene enlazada la máquina que monitorea las frecuencias de su corazón. Me quedo parada mirándola, ella abre sus ojos y me mira sorprendida, se quita la mascarilla.

–¡Rosario! –dice Juana con voz temblorosa.

Niego con la cabeza y me acerco mirándola seriamente, Juana me mira fijo intentando reconocerme, finalmente me lanza una mirada de desprecio.

–¿Qué haces acá? ¿No deberías estar encerrada? –lanza en tono rencoroso, mientras aparta la mirada –. Mi hijo no se merecía lo que le hiciste, sos la misma basura que tu madre, si te veo a vos y parece que la veo a ella, bien muerta que está –dice resentida.

Comienza a toser ahogándose e intenta colocarse la mascarilla sin éxito.

Veo como su frecuencia cardíaca va disminuyendo y se ahoga por la falta de aire, pero no reacciono, sus palabras se clavaron como mil dagas sobre mi cien, deseo verla morir, sus ojos me miran suplicando ayuda; recobro el sentido y le coloco la mascarilla de oxígeno, salgo deprisa y me topo con una enfermera que entra a la habitación, a toda prisa bajo las escaleras y salgo del hospital, corro por el estacionamiento, entro a mi auto, cierro la puerta y desbordo del llanto con rabia, golpeo el volante varias veces con el puño cerrado, intento tranquilizarme, respiro agitada, seco mis lágrimas con mis manos, me coloco el cinturón de seguridad, pongo en marcha el auto y acelero.

CAPÍTULO 2

Voy conduciendo mi vehículo por la ruta número nueve, la noche empieza a caer junto con la abundante lluvia, hacia los costados solo se ven campos sembrados de soja, dejo atrás un cartel de señalización de curvas peligrosas; creo que estoy perdida. Tomo el celular que está reposando en el asiento del acompañante y abro la aplicación de "maps", llevo mi vista a la pantalla y alterno con la mirada en la ruta, intento centrar la pantalla de la aplicación en el teléfono y se me cae, me agacho para recoger el celular y cuando vuelvo la mirada al frente me despisto en una curva, intento mantener el volante firme, de frente un poste de luz de madera, a pocos metros de colisionar presiono el pedal del freno, las ruedas resbalan por el césped y el barro, acciono el freno de mano y cierro los ojos resignada, el auto colea y se detiene a pocos centímetros del poste. Abro mis ojos lentamente y respiro aliviada.

A la distancia puedo distinguir un cartel de una hostería, quito el freno de mano y manejo hasta allí, estaciono cerca de una camioneta Fiat Toro Suv de color rojo, me quedo mirando anonadada a tan imponente vehículo, de repente, veo que una mujer baja corriendo de la camioneta y se dirige hacia la posada, la lluvia sobre el parabrisas no me permite distinguirla. Me quito el cinturón de seguridad, agarro el bolso, bajo del auto, cierro la puerta de un portazo y comienzo a correr hacia la hostería, de repente siento el aroma inconfundible de la carne asada, me detengo inmediatamente, miro hacia todas las direcciones buscando de donde proviene ese olor, a pocos metros diviso una humareda y algunos focos encendidos, corro deprisa hacia allá.

Entro al pequeño quincho de techo de paja iluminado por unas guirnaldas de focos, algunos quemados; detrás del mostrador de ladrillos se encuentra de espaldas un hombre excedido de peso, casi calvo y canoso, acomodando los trastes; encima de la parrilla veo restos de carne asada sobre las varillas llenas de grasa pegada y algunas brasas encendidas, respiro saboreando casi entrando en un éxtasis, hasta que la voz del parrillero me devuelve a la realidad.

—¡Buenas noches! ¿Qué vas a llevar? —dice con voz ronca y cansada, mientras se limpia las manos con un trapo sucio y luego se lo coloca sobre su hombro derecho. Miro al hombre de unos setenta años de edad, con la barba crecida, desalineado, encima de su camisa leñadora arremangada tiene el delantal blanco manchado con restos de grasa y comida; la falta de aseo no me acobarda.

—*¿Acaso puede haber algo peor que la comida carcelaria? —pienso.*

Le señalo un corte de carne de la parrilla.

El parrillero me mira extrañado, toma el pedazo de carne con un tenedor y lo corta en fetas sobre la tabla de madera grasienta, se me hace agua la boca. Enseguida arma un sándwich completo de lechuga y tomate con pan francés y lo deja sobre el mostrador envuelto en servilletas de papel.

—¿Algo más?

Le hago gesto de sostener un vaso con la mano como si bebiera.

El parrillero va hasta una heladera y vuelve hacia el mostrador con una botella de cola y un vaso mediano de vidrio, lo sirve con la bebida hasta el límite.

—Son doscientos pesos.

Meto la mano en el bolsillo delantero de mi pantalón y saco varios billetes arrugados mezclados entre dólares y pesos, separo los doscientos pesos y se los entrego, el parrillero agarra los billetes y los guarda en el bolsillo de su camisa, enseguida se da vuelta y vuelve con sus tareas de limpieza. Dejo el bolso en el suelo entre mis piernas y de inmediato tomo el sándwich de carne con ambas manos y le doy una mordida grande, mastico de prisa, enseguida le doy un sorbo al vaso de gaseosa, en pocos segundos devoro el sándwich, bebo el último sorbo de gaseosa, tomo unas servilletas de papel del servilletero con el logo desgastado de una marca de cerveza, me limpio las manos y la boca, hago un bollo con las servilletas, lo dejo sobre el mostrador, agarro el bolso y salgo corriendo debajo de la lluvia hacia la hostería.

Empapada entro al lugar atravesando una puerta de madera vieja, se trata de una casa antigua con un amplio patio, con plantas en grandes macetas de cerámica y varias puertas altas vidriadas de madera a dos aguas con cortinas blancas con detalles calados y celosías metálicas despintadas, pisos de granito blanco, techo alto rebatible de policarbonato, sobre la pared de cada puerta hay un número diferente en bronce indicando cada habitación; a un costado del patio veo la recepción vacía, con un mostrador de madera marrón laqueada, sobre este un teléfono rotativo siemens de color negro, un libro tamaño oficio de tapas duras negras, arriba de este una birome de color negra y una campanilla de bronce, sobre la pared hay un tablero enumerado donde cuelgan varias llaves, excepto la llave número nueve. Me acerco y estiro mi brazo para accionar la campanilla, cuando de repente escucho la voz de una mujer desde atrás.

–¡Buenas noches!

Me sobresalto del susto y giro, ahí la veo parada a la anciana sobre unas alpargatas negras, con su cabello blanco suelto, a juzgar por sus arrugas debe tener unos ochenta años de edad, viste una pollera negra por debajo de sus rodillas, una camisa de mangas largas de color celeste claro y sobre sus hombros lleva una chalina de lana blanca tejida al crochet. Enseguida se ubica detrás del mostrador.

–La habitación cuesta trescientos la noche y se paga por adelantado –dice la anciana mientras abre el libro de tapas duras y le quita el capuchón a la birome –. Anote la fecha, su nombre y número de documento acá –me sañala una hoja en blanco sobre el libro.

Enseguida escribo mis datos y saco del bolsillo de mi pantalón un billete de cinco dólares, los dejo sobre el mostrador, la anciana lo toma y lo mira de un lado y otro, me mira desconfiada.

–Extranjeros –dice quejándose.

Se da vuelta y del tablero agarra la llave número dos y sale del mostrador, cruza el patio hasta la habitación, abre la puerta con la llave y la deja colgando de la cerradura, enciende la luz de la habitación, me acerco deprisa hacia ella.

–El horario de salida es a las diez de la mañana, las toallas están en el baño que es esa puerta que está ahí –me señala con el dedo índice una puerta que esta entreabierta a dos puertas de distancia de donde estamos –. La cocina está allá –señala la última puerta que está cruzando el patio –. Que descanse, buenas noches.

Enseguida la veo entrar a una habitación sin numerar, escucho que pone llave a la cerradura. Retiro la llave de mi puerta y la cierro, de inmediato me dirijo hacia el baño, ingreso e intento encender la luz pero no funciona la lámpara, cierro la puerta y enciendo la linterna de mi celular y lo dejo sobre la bacha, tiro el bolso en el suelo, casi en penumbras abro la canilla del agua caliente de la ducha, mientras el agua cae sobre la bañera y va tomando temperatura me voy quitando la ropa mojada, pronto me meto en la ducha y comienzo a disfrutar del agua tibia que recorre mi cuerpo, respiro pausadamente. De repente escucho que se abre la puerta y que alguien entra al baño.

—¡Uy, perdón, perdón! —dice la voz de una mujer suplicando.

Escucho que la puerta se cierra, abro la cortina de la ducha y no veo a nadie. Me apresuro a terminar de bañarme, salgo de la bañera, tomo una de las toallas que están perfectamente dobladas sobre los estantes de un mueble de madera blanca, ubicado entre el inodoro y el bidet; seco mi cuerpo y mi cabello, me visto completamente con un jeans con roturas de color azul, remera marrón y un sweater de lana gris, me calzo unas zapatillas negras deportivas, junto mis pertenencias y salgo del baño directo a mi habitación, al pasar veo que la luz de la habitación nueve está encendida.

Entro a mi cuarto pequeño, enciendo el velador que está sobre la mesa de noche de madera terciada ubicada al costado de la cama, cierro la puerta, tiro el bolso en el suelo de parquet de tono marrón claro desgastado, cuelgo la ropa mojada sobre el respaldo de una silla de madera barnizada junto a los borcegos y me dejo caer sobre la cama que rechina, cierro mis ojos intentando conciliar el sueño, siento una molestia en el estómago, las tripas me crujen, doy vueltas para un lado y para el otro, pero no logro apaciguar el dolor; me siento en la cama.

—Creo que el sándwich que devoré me cayó pésimo, quizás un té me alivie —pienso.

Enseguida salgo de mi habitación y cruzo el patio para llegar a la cocina, veo que la luz está encendida; me acerco y veo una mujer de espaldas parada, es alta y delgada de cabello en tono cobrizo largo y ondeado, viste un jeans clásico que realza sus curvas, un sweater negro y pantubotas color beige, sirve agua caliente desde una pava de aluminio a una taza de cerámica negra y deja la pava sobre la hornalla de la cocina industrial, gira y se echa para atrás asustada al verme ahí parada.

—¡Ay! Me asustaste... —dice sobresaltada con su voz carrasposa.

Estoy absorta, miro su flequillo peinado hacia un costado que cubre la mitad de su frente, sus cejas anchas perfectamente depiladas, sus ojos grandes y de color verde esmeralda, su boca de labios gruesos, nariz tipo romana, cuello largo y tez blanca, de unos cuarenta años de edad, sus manos de dedos largos y uñas cortas pintadas con esmalte rojo sostienen la taza de donde pende un saquito de té.

—¿Te sentís bien? —me pregunta preocupada.

Salgo de mi obnubilación y atino a negar con la cabeza, me froto la panza con mi mano haciendo gesto de dolor.

—Vení, sentate que te preparo un té —me dice amablemente.

Entro a la cocina, aparto una silla de madera con asiento de mimbre y me siento, enseguida ella agarra una taza de cerámica color azul de la alacena ubicada al lado de la heladera Siam blanca, echa un saquito de té en ella y vierte agua caliente de la pava, luego deposita la taza sobre la mesa de madera rústica y se sienta frente a mí.

—¿Querés azúcar?

Niego con la cabeza, agarro la taza de té y le hago un gesto de agradecimiento levantando la taza, ella me devuelve una tenue sonrisa; bajo mi mirada y bebo un sorbo corto, siento como el calor me reconforta.

—¿Será el té o su sonrisa? —me pregunto a mí misma.

Noto que ella mira con extrañeza las cicatrices de mi muñeca izquierda, mientras bebe su taza de té en silencio, comienzo a sentirme inquieta.

—Perdoname por entrar así al baño. ¿Eras vos la que se estaba bañando, no? —me pregunta afligida.

Afirmo con la cabeza, sin levantar la mirada. Me siento avergonzada, muerdo mi labio inferior.

—Soy Romina, ¿vos?

Sobre la mesa dibujo con mi dedo índice cada letra de mi nombre, Romina me sigue atenta con su mirada.

—¿Ámbar? —me pregunta para asegurarse de haber entendido bien.

Afirmo con la cabeza manteniendo la vista en la taza y bebo un nuevo sorbo de té. Otro silencio incómodo se hace presente.

Sin darme cuenta me pongo de pie, dejo la taza sobre la mesa y encaro hacia la salida, ante la mirada sorpresiva de Romina, me detengo, giro, agito tímidamente mi mano a modo de saludo y me voy sin darle tiempo de contestarme.

Entro de prisa a mi habitación, cierro la puerta con llave, me quito las zapatillas con la ayuda de mis pies y me tiro sobre la cama boca abajo, abrazo a la almohada, resuello.

—Debo haber parecido una idiota —pienso con enojo.

Me tapo con una frazada, apago el velador y mis ojos se van cerrando lentamente.

A la mañana siguiente escucho un fuerte golpe en la puerta de mi habitación que me despierta sobresaltada.

–¡Son las diez de la mañana! —escucho gritar a la anciana.

Me siento de prisa en la cama, entre dormida froto mis ojos, recojo mi cabello tratando de peinarlo con mis manos y me hago una cola con la liga que llevo en mi muñeca, me calzo las zapatillas, guardo la ropa húmeda y los borcegos del día anterior en el bolso y salgo de prisa de la habitación, no hay nadie cerca, camino hacia la salida, veo que la puerta de la habitación número nueve está abierta y la cama sin sábanas, miro hacia la cocina pero no veo a nadie. Salgo al exterior, mis ojos tardan en acostumbrarse al sol radiante. En el estacionamiento solo está mi auto, la camioneta roja ya no se encuentra. Abro el baúl de mi vehículo, tiro el bolso dentro y cierro la puerta, enseguida subo, lo pongo en marcha y me voy por la ruta.

Enciendo la radio, cambio de señal, hasta que sintonizo una melodía rockera lenta, marco el ritmo dando palmaditas sobre el volante y haciendo la mímica de la voz. Luego de andar varios kilómetros escuchando variedad de temas musicales, unos metros adelante veo un cartel que dice: **SUPERMERCADO SUERTE** pendiendo de un poste, detengo mi auto en el pequeño estacionamiento y entro al comercio de medianas dimensiones. La mujer de origen oriental que se encuentra parada en la línea de caja sonríe al verme entrar. Le devuelvo el gesto con una tenue sonrisa, agarro un chango de alambre trefilado en su mayor parte oxidado y comienzo a recorrer los diferentes pasillos luchando con la rueda izquierda delantera que se atora de vez en cuando; voy agarrando varios productos de las góndolas al pasar, entre ellos hay productos de limpieza e higiene, comestibles y algunas cosas esenciales para mí que no me puede faltar nunca como chocolate para taza, té, leche larga vida, pan lactal y por supuesto café instantáneo. Me dirijo hacia la caja y otra vez la mujer me sonríe amablemente, mientras escanea los productos veo varios artículos de kiosco, no puedo evitar agarrar un puñado de chupetines bolita y algunos chocolates.

—Dos mil setecientos pesos —dice la mujer en un particular castellano.

Busco en mi bolsillo delantero del jeans y le entrego varios billetes argentinos, mientras la mujer los examina, guardo los productos repartidos en cuatro bolsas de friselina con el logo impreso del supermercado, la mujer me entrega los trescientos pesos de vuelto, los guardo en el bolsillo del pantalón y me voy cargando las cuatro bolsas pesadas, llego hasta el auto, las meto dentro del baúl, subo, me coloco el cinturón de seguridad y continúo el viaje.

Luego de algunas horas y varios chupetines consumidos, a un costado de la ruta se ve un espectáculo hermoso, los colores del atardecer se funden en el horizonte con los campos sembrados. Una leve brisa entra por la ventanilla y golpea sobre mi rostro.

A dos metros leo un cartel verde con letras blancas: **PRÓXIMA SALIDA VILLA CAÑADA DEL SAUCE**; acciono la luz de giro derecha y tomo la salida, pronto me adentro en una calle de tierra.

Ya con los últimos rayos de sol, miro atenta hacia los costados donde se ven varias casas pequeñas con grandes terrenos de pastos altos, algunas más humildes que otras, separadas por varias hectáreas; hasta que finalmente me detengo frente a una casa de techo bajo, con la pintura blanca de la fachada deteriorada, un zaguán abierto con baldosas rojas y dos ventanas con las persianas de madera cerradas. Sobre la cerca de madera añejada hay un cartel de chapa agarrado con alambre donde se lee: **INMOBILIARIA FUSTER VENDIDO**. Aparco el auto frente a la cerca, desciendo, abro la cerca, vuelvo a subir al auto y entro al terreno, estaciono a pocos metros de la entrada de la casa, bajo del auto, solo escucho el canto de los grillos y el croar de las ranas, mezclado con el sonido del agua que corre por el río ubicado atrás de la casa. Abro el baúl del auto, agarro las bolsas y veo que se enciende una luz en la zona de atrás de la casa, de inmediato suelto las bolsas, abro el bolso, empuño el arma y cierro el bolso. Sigilosamente me dirijo hacia la parte trasera de la casa, tratando de visualizar en la oscuridad, de repente siento el crujido de una rama que se quiebra detrás mío, apenas alcanzo a girar mi cuerpo cuando recibo un fuerte golpe en la nariz, se me cae el arma, quedo aturdida, caigo de rodillas, la sangre invade mi rostro, levanto la mirada y veo la figura de una mujer que está a punto de pegarme con un palo.

—¿Quién carajo sos? —escucho la voz carrasposa de una mujer.

Enseguida la reconozco.

—¿Romina? —pregunto con voz lastimosa antes de caer de cara al suelo.

Comienzo a recobrar el conocimiento, me doy cuenta de que estoy acostada, abro los ojos lentamente y veo el rostro borroso de Romina y un trapo ensangrentado que lo lleva hacia mi cara, me sobresalto e intento incorporarme, pero Romina me detiene poniendo su mano en mi pecho.

—No te levantes, quedate acostada. Ya dejó de sangrarte la nariz —dice preocupada.

Vuelvo a recostarme sobre el sofá de dos cuerpos de cuero negro, siento muy dolorida mi cara.

—¿Te duele mucho? —pregunta afligida.

Afirmo con la cabeza.

–Tomá, ponete hielo –mientras me acerca hielo envuelto en un trapo manchado de sangre.

Agarro el trapo y lo apoyo sobre mi nariz. Veo que se sienta en el suelo cerca de mí, a su espalda hay una chimenea con leña ardiendo.

–Perdoname, nunca me imaginé que podrías ser vos –hace una pausa –. ¿Tu nombre es Ámbar Gutierrez?

La miro sorprendida y afirmo con la cabeza.

–Yo soy Romina Valdez, soy… bueno era la propietaria de esta casa que compraste. Vine a pasar unos días para despedirme, no pensé que vendrías tan pronto, si no te molesta hoy paso la noche acá y mañana me voy.

Lentamente me incorporo y me siento mirando hacia el piso de cerámicas rojas, sobre la mesa ratona de madera rústica veo mi arma reposando; muevo la boca intentando que me salga la voz, resuello.

–No… No me molesta… Podés quedarte los días que quieras –balbuceo sin poder evitar que se me escape una lágrima.

–¡Hey! ¿Qué pasa? ¿Te duele? –me pregunta alarmada, mientras aparta con su mano el cabello de mi cara y se queda mirándome conmovida.

–No… No me acordaba como era mi voz –mascullo mientras seco mis lágrimas con mi mano y con la otra sigo sosteniendo el hielo sobre mi nariz.

–Tenés una voz muy dulce –dice sonriendo.

La miro y sonrío, enseguida aparto la mirada.

–Si querés darte un baño, dejé tu bolso en la habitación de la izquierda, ya entré todas tus cosas –dice mientras se pone de pie –. Después acostate y te llevo un té.

Romina se va hacia la cocina, cuya pared está revestida con azulejos blancos estilo subway, donde hay una hilera de tazas cónicas de cerámica negra colgadas de un soporte metálico, una mesada de granito negro y muebles de color blanco, mesa de madera barnizada y patas de color blanco; me pongo de pie, recojo el arma y la guardo en mi cintura, luego voy hacia la cocina, dejo el hielo sobre la mesa, mientras Romina carga con agua de la canilla la pava silbadora de acero inoxidable.

Entro al baño, revestido con los mismos azulejos de la cocina, del piso hasta el techo, juego de sanitarios de losa blanca y el asiento del inodoro de madera negra; hay un mueble amurado a la pared, abro la puerta y allí encuentro toallones de algodón blanco, agarro uno y lo coloco en el perchero ubicado cerca de la ducha, abro la canilla del agua caliente, dejo el arma arriba de la bacha; me desvisto y me meto en la bañera, froto mi rostro con mucho cuidado para quitar la sangre pegada, lavo mi cabello.

En pocos minutos termino mi baño, me envuelvo en el toallón, recojo la ropa, el arma y salgo; voy hasta la habitación, enciendo la luz, veo una lámpara de noche colgando de la pared arriba de la cama sommier de una plaza y media perfectamente armada, con un acolchado a rombos negros y blancos, sobre este está mi bolso, el lugar es de mediana proporción, el piso es igual al de toda la casa, con un placard de madera color wengue con cuatro puertas y dos cajones y una mesa de noche del mismo color, la ventana está con la persiana baja, cubierta por unas cortinas rústicas de color crudo. Tiro la ropa sucia en el suelo y abro el bolso, guardo el arma y aparto un jogging gris y una remera negra. Escucho un golpe en la puerta que está entre abierta, miro hacia allá.

–¿Puedo pasar? –pregunta Romina.

–Si –le contesto en tono bajo.

Romina entra a la habitación con una taza humeante en su mano. Incomodada por su presencia le doy la espalda.

—Te dejo el té acá —dice mientras deposita la taza sobre la mesa de noche, enseguida da unos pasos hacia atrás tomando distancia.

—Gracias —con voz suave.

—Que descanses —enseguida se retira.

Suelto la respiración contenida, me visto sin prisa, dejo el toallón tirado en el piso, me siento en la cama apoyando mi espalda contra la pared, agarro la taza, bebo un sorbo.

—*¿Por qué actúo como estúpida cuando está Romina cerca?* —*pienso.*

Dejo la taza sobre la mesa de noche, me meto entre las sábanas y me acuesto, hasta que el sueño me vence.

Un nuevo día se alza con todo su esplendor, decido comenzarlo en el zaguán trasero de la casa, sentada en uno de los sillones de caña barnizada con almohadones floreados desgastados, tomando mate y dibujando con los lápices de colores el bello paisaje de árboles con hojas amarillas y naranjas, pastizales, rocas y el río que corre por un estrecho camino. La brisa fresca no la siento porque estoy abrigada con un buzo grueso de algodón negro con la capucha que cubre mi cabello suelto.

Aparece Romina con cara de dormida, aún vestida con el pijama y un saco gris de lana largo, me sonríe mientras estira sus brazos desperezándose.

—Buen día —saluda mientras mira mi dibujo y se sienta en el otro sillón.

La miro y le devuelvo el saludo con una sonrisa, enseguida vuelvo a concentrarme en el dibujo y le doy otro sorbo al mate.

—¡Qué buen dibujo! —dice admirada —. ¿Dormiste bien? —me pregunta mientras se sienta en el otro sillón cerca de mí.

Afirmo con la cabeza.

—Si querés después podemos ir a caminar, hay muchos lugares hermosos para que conozcas —dice entusiasmada.

Vuelvo a afirmar con la cabeza sin apartar la mirada del dibujo.

—Parece que hoy no tenés muchas ganas de hablar —hace una pausa —. Sos rara, eh —en tono jocoso.

Cebo el mate con el termo de acero inoxidable y se lo extiendo a Romina.

—No, gracias, no me gusta el mate —dice despreocupada.

—Sos rara, eh —le digo bromeando y le doy un sorbo al mate.

Risueña Romina se pone de pie.

—¿Cómo está tu nariz?

—Mejor, duele menos que ayer.

—Voy a desayunar algo y nos vamos —enseguida entra a la casa.

Pronto estamos caminando por la pradera. Se ven árboles con sus copas anaranjadas, pastizales mojados por el rocío de la mañana, en el horizonte se alcanza a ver una formación rocosa horizontal con una cascada de agua. Llevamos al menos dos horas de caminata. Romina se detiene de tanto en tanto y fotografía el paisaje, yo me siento abstraída por tanta tranquilidad y belleza natural, hacía tiempo que no sentía tanta paz.

Finalmente estamos frente a la cascada, me acerco a la vertiente y bebo un poco de agua, me siento sobre una roca y cierro mis ojos, concentrada en el sonido del agua y el trinar de los pájaros, respiro lento.

—Este es mi lugar favorito, lo llaman "el chorrito" —escucho decir a Romina.

Miro hacia atrás y la veo sentada sobre una roca.

—Es hermoso. ¿Nunca pensaste en vivir acá? —le pregunto mientras giro para mirarla de frente.

–Sí, hace un tiempo hice algunas remodelaciones en la casa con la intención de venirme a vivir acá pero al final no pude venir –dice apenada.

–¿Por qué? –intrigada.

–Pasaron cosas –hace una pausa y continúa –. Mi mamá se enfermó de cáncer, tuve que acompañarla y hacerme cargo de su empresa, ella murió y después no pude escapar de quien soy, o no quería fallarle a ella en realidad, ya no pude volver, por eso decidí vender la casa y seguir mi vida en Buenos Aires –dice con nostalgia.

–¿Por qué decís que no pudiste escapar? –le pregunto curiosa.

–Supongo que por ser quien soy.

–¿Quién sos? No entiendo –estoy desconcertada.

–Según mi biografía en Wikipedia, soy Romina Valdez, soltera, tengo cuarenta y dos años, ex modelo y empresaria de la moda, nacida y criada en el barrio de Villa del Parque, hija de padres separados, comencé mi carrera como modelo a los quince años, acompañada de mi madre Catalina Couto ex modelo y reconocida empresaria textil. Estudié arte y fotografía en París donde también formé mi carrera junto a los mejores diseñadores y bla bla bla… Pensé que sabías quién soy, no sé porque pero la gente se suele poner incómoda cuando está cerca de mí.

–La verdad que no sé nada de moda, lo que sí sé es que si haces algo solo por complacer a otros nunca va a funcionar bien y estoy segura de que tu mamá estaría contenta de que hagas lo que realmente te hace feliz, al menos deberías de intentarlo –le digo a Romina que me mira atenta, me pongo de pie y camino por las rocas –. ¿A dónde vamos ahora? –le pregunto con entusiasmo mientras me alejo.

–Tengo hambre así que ya sé dónde vamos a ir –se apresura para alcanzarme.

De regreso por la pradera caminamos varios metros cerca de la orilla del río; nos detenemos debajo de un inmenso árbol, con grandes raíces que sobresalen de la tierra. Miro a mi alrededor extrañada.

–¿Y dónde está la comida? –le pregunto intrigada.

–Debajo de tus pies –mientras se agacha y recoje una nuez de la tierra, la rompe entre sus manos y se sienta sobre una raíz del árbol a comerla.

Miro hacia arriba y me doy cuenta de que estamos bajo un nogal enorme, vuelvo hacia la tierra y recojo una nuez, la rompo entre mis manos y me siento en otra raíz cercana, de a poco voy comiendo el fruto seco.

–Este nogal lleva acá años, cuando era chica siempre veníamos con mi papá a recolectar nueces –dice nostálgica –. ¿Y vos tenés familia?

Trago de golpe la nuez, resuello tratando de encontrar las palabras, muerdo mi labio inferior, trago saliva.

–Mis padres murieron hace más de diez años –lanzo finalmente mi confesión.

–Lo siento mucho –conmovida.

–Él murió en un accidente y ella de cirrosis, siempre estaba borracha, supongo que intentaba escaparse del infierno en el que vivía, él la golpeaba todos los días y a veces yo también recibía sus maltratos –hago una pausa mientras veo la mirada compasiva de Romina –. Así fue que un día dejé de hablar, no había nadie a quien contarle lo que estábamos viviendo –mis ojos se llenan de lágrimas, contengo el llanto con enojo –. Mejor, volvamos está haciendo frío –mientras me pongo de pie abruptamente y comienzo a caminar de prisa.

Nos acercamos a la casa en silencio, ya se comienza a escuchar el croar de las ranas.

–Vamos a buscar leña al cobertizo –desvía su camino.

Yo la sigo detrás, hasta llegar a la entrada del cobertizo de chapa. Romina abre la puerta corrediza, enciende la luz y entramos. Dentro del lugar está estacionada la camioneta de Romina y un tractor corta césped, hay palas, una tijera de podar, un hacha de mango largo, tachos manchados de pintura, sobre una mesa de madera hay varias herramientas desparramadas junto a una caja plástica mediana de color gris con tapa transparente que contiene artículos de pesca y unas cañas de pescar con sus rieles. Me llaman la atención y agarro una de las cañas.

–Mañana podríamos ir a pescar –le digo a Romina.

–¿Sabés pescar? –me pregunta risueña, mientras junta algunos de los leños que están apilados cerca de la entrada.

–Ni idea, pero puede ser divertido –le contesto despreocupada, al mismo tiempo que dejo la caña donde la encontré.

–Sí, seguro –responde alegremente.

Salimos del cobertizo, cierro la puerta y caminamos hacia la casa.

–¿Qué te gustaría cenar? –le pregunto a Romina.

–¿Sabés cocinar? –me pregunta en tono socarrón.

Hago un gesto de duda con el rostro.

–No mucho la verdad, mejor vamos a lo seguro, fideos con mi salsa especial –le sugiero.

–Suena tentador –dice Romina.

Ya dentro de la casa, en la chimenea arden varios leños, me encuentro en la cocina, revolviendo con una cuchara de madera, la salsa en la olla revestida en teflón, que está sobre la hornalla, mientras los fideos se cocinan en la olla de al lado.

Aparece Romina agitando con sus manos su pelo húmedo.

–Ya casi está lista la comida –le informo.

—Mmmmm que rico huele —dice mientras se acerca a la cocina.

—¿Querés probar? —le pregunto mientras junto con la cuchara un poco de la salsa y se la extiendo.

Romina sopla suavemente la salsa y la prueba, la miro ansiosa esperando su devolución.

—Muy buena, me encanta. Mañana te voy a sorprender yo con la cena —dice entusiasmada.

—¿De verdad las modelos cocinan? —le pregunto bromeando.

—Obvio, nena. ¿Qué te pensás? No soy igual a todas —dice jaraneando mientras me empuja suavemente en el hombro.

—Eso seguro, todos tenemos algo que nos hace especial para alguien.

—¿Siempre tenés la palabra justa vos? —me pregunta pensativa.

—No lo sé, quizás hablar poco me ayuda a decir lo justo y necesario —digo en tono reflexivo, al mismo tiempo que enrosco un fideo en el tenedor y lo pruebo.

Romina se queda pensativa.

—Esto ya está —le informo a Romina, sacándola de sus pensamientos, mientras apago las hornallas.

Pronto terminamos de cenar, los platos se encuentran limpios sobre el escurridor, estamos recostadas en el sillón cerca de la chimenea, frente a frente con nuestras espaldas apoyadas sobre los brazos del sillón, las piernas estiradas sobre este, tapadas con una manta tejida con cuadrados de colores, con una taza de café humeante cada una. Yo estoy mirando videos de pesca en mi celular, con los auriculares pequeños puestos en mis oídos y por encima del celular veo a Romina que mira a través de sus anteojos con marco ovalado negro la notebook que tiene apoyada sobre sus piernas, ella nota mi mirada y levanta la vista.

–¿Qué estás viendo en la compu? –le pregunto para salir de la incomodidad mientras me quito los auriculares.

–Las fotos que saqué hoy –me responde con una sonrisa.

–¿Las puedo ver? –le pregunto curiosa mientras dejo la taza sobre la mesa ratona y me acerco, al mismo tiempo que Romina baja sus piernas y se sienta, para darme lugar a su lado y coloca la notebook sobre mis piernas.

Voy pasando las fotos una a una y para mi sorpresa veo que en todas ellas estoy en escena.

–Pensé que estabas fotografiando solo el paisaje –le digo desconcertada.

–En esos momentos vos estabas ahí y eras parte del paisaje –me dice despreocupada y continúa –. Dicen que en la fotografía se puede ver el alma de las personas.

–¡Ah! ¿si? –la miro desconfiada.

Romina afirma con la cabeza sonriente.

–Entonces llevás ventaja sobre mí, porque pudiste ver mi alma –hago una pausa corta –. ¿Y qué viste?

–Vi a una mujer triste, solitaria, cansada, segura de sí misma pero con mucho dolor en su interior, aunque hay un misterio en tus ojos que no puedo descifrar –lanza intrigada.

Pensativa, agarro mi celular y le tomo una foto a Romina.

–¿Qué hacés? –sorprendida.

–Capturo tu alma –mientras, miro detenidamente la foto.

–¿Qué ves en la foto? –me pregunta expectante.

–Veo a una mujer alegre y a la vez triste, indecisa, bondadosa, que parece fuerte para los demás pero en su interior tiene miedo de mostrarse tal cual es, delicada y hermosa, acostumbrada a estar rodeada de gente pero se siente sola, incomprendida, fácil de querer pero difícil de alcanzar. ¿Qué tal lo hice? –lanzo mi observación a Romina que me mira en silencio.

–Tengo que reconocer que sos buena leyendo almas – dice bromeando.

–En realidad, lo vi en tus ojos, sos más transparente de lo que te imaginás –le digo mientras cruzamos nuestras miradas fijamente por unos instantes y comienzo a sentirme nerviosa –. Hora de dormir –le digo mientras le entrego la notebook y me pongo de pie.

–Que descanses –dice Romina con voz suave.

–Igualmente –deprisa me voy a mi habitación con el corazón que parece salirse de mi pecho.

Otro lindo día nos espera a pleno sol, salgo del cobertizo con dos cañas de pescar y la caja plástica con los anzuelos en mis manos, llevo puesto un sombrero camuflado y un chaleco verde musgo de pescador y unas botas negras de caña alta de goma.

Me acerco a la casa y la veo a Romina parada reposando sobre la arcada de la puerta trasera, quien al verme de cerca se ríe.

–¿Qué hacés con eso puesto? –dice Romina en tono de burla.

–Ya estoy lista para ir de pesca. ¿Cómo me queda? –le pregunto mientras doy una vuelta completa mostrando mi atuendo.

–Perfecto –dice bromeando.

–Buenísimo, te espero entonces para ir a pescar la cena de esta noche –le digo alardeando.

Pronto Romina y yo estamos caminando hacia el lado este de la casa, andamos unos cuarenta minutos más o menos bordeando el río, rodeadas de árboles de gran altura y pastizales; cada una carga una caña de pescar.

Nos detenemos frente a "La Pitonga", un lugar donde el río se encajona entre grandes piedras en un largo de aproximadamente doscientos metros, con terrazas de arena que el agua ha delineado con su mano suave y cavilosa, nos acercamos a la orilla rodeada de grandes rocas húmedas por el rocío de la mañana que aún permanece en la atmósfera. Deposito la caja de pesca sobre una roca y tomo la caña de pescar con ambas manos.

—Bueno, supongo que ya sabés que hacer —dice Romina bromeando.

—Vi unos videos tutoriales geniales, se supone que esto lo tengo que llevar para atrás y después tiro —le digo mientras giro la cintura hacia atrás acompañando el movimiento de la caña.

—¡Pará, pará! —dice abruptamente.

Detengo mi movimiento al instante tras escuchar la voz de alto de Romina.

—Te vas a terminar lastimando —dice mientras se acerca a mí.

Romina se para detrás mío y coloca mis manos sobre la caña en posición, una por debajo del carrete y otra por encima. Toma mi cintura con sus manos y la rota hacia la derecha.

—Este es el movimiento que tenés que hacer con la cadera para acompañar el lanzamiento de la caña, girás el tronco con un pie adelante y el otro atrás —me indica.

Enseguida pone sus manos encima de las mías y acompaña el movimiento de la caña. Siento que el corazón me va a estallar por sentirla tan cerca, trato de salir de ese estado de éxtasis.

—¿Dónde aprendiste esto? —le pregunto a Romina sorprendida por su conocimiento.

—Solíamos venir con mi papá a pescar acá —dice mientras se aleja y toma su caña.

Pronto Romina arroja el anzuelo al lago como una experta mientras yo la miro admirada. Al instante imito sus movimientos y logro que el anzuelo caiga a una distancia considerada sobre el lago.

–Bastante bien por ser la primera vez –me felicita.

Sonrió orgullosa por mi logro.

–Ahora hay que tener paciencia y esperar a que piquen –dice Romina concentrada en su actividad.

Nos mantenemos en silencio por varios minutos cada una recluida en sí misma. De repente mi caña comienza a tirar, me desespero sin saber que hacer, miro a Romina implorando ayuda, veo que ella deja su caña, hago un movimiento brusco, me resbalo e impacto mi espalda contra la roca, termino con medio cuerpo adentro del lago. Romina me ayuda a salir del agua, tiro la caña con enojo y me siento sobre una roca, hago un gesto de dolor y me tomo la espalda.

–¿Te golpeaste? –me pregunta Romina preocupada.

Afirmo con la cabeza.

–Dejame ver –mientras intenta levantarme la ropa.

–No, estoy bien –le digo y le quito la mano abruptamente.

–Ok, solamente quería ver si te habías lastimado –dice sorprendida por mi actitud.

–Sí, ya sé, perdoname, estoy bien, fue un golpe nada más –le digo en tono más calmo.

Romina se empieza a reír, la miro sorprendida.

–¿De qué te reís?

–Tendrías que haber visto tu cara de pánico –dice jocosa.

–Yo me podría haber matado de un golpe y a vos te parece gracioso –le digo haciéndome la ofendida.

Romina sigue riendo.

–Perdoname –no puede contener la risa.

Trato de mantenerme seria, pero la risa de Romina me contagia y me río con ella, pero el dolor en la espalda me invade y me tomo la zona con la mano.

—Deberíamos de ir al médico para que te vea —dice Romina preocupada.

—No hace falta, estoy bien —le digo convencida.

—Pero mirá si te lastimaste alguna costilla —tratando de hacerme entrar en razón.

—No, te digo que no es nada —afirmo con seguridad.

—Bueno, entonces dejame ver a mí —insiste.

—¿Para qué querés ver? —le pregunto ofuscada.

—Para asegurarme de que estás bien. ¿Por qué no me querés mostrar? —me pregrunta intergada.

Respiro profundo y levanto mi ropa hasta la zona de las costillas tratando de cubrirme lo más posible. Romina observa detenidamente.

—Esto no se ve bien, está inflamado —dice Romina preocupada.

—No pienso ir a ningún médico, así que no insistas —le digo mientras me acomodo la ropa.

—Como quieras, pero volvamos a la casa así te ponés hielo ahí — dice Romina, mientras levanta las cañas y la caja de pesca.

Me pongo de pie y sigo los pasos de Romina.

Vamos caminando por una calle de tierra marcada por las huellas de algún vehículo, se ven algunas casas pequeñas a los costados. En medio del silencio escuchamos la voz una de mujer a lo lejos.

—¡Romina, Romina! —se escucha la voz de una mujer que se acerca.

Romina y yo miramos hacia todos lados para ver de dónde proviene la voz. Enseguida vemos a una mujer mayor de unos setenta años de edad, cabello gris, estatura baja, vistiendo un vestido estilo "tea dress" con estampa floreada en colores pasteles, que se aproxima a nosotras cruzando la cerca de una de las casas, al mismo tiempo que se limpia las manos con el delantal de cocina floreado con volados en tono azul.

—¿Cómo estás, querida? Tanto tiempo —le dice a Romina la mujer sonriendo.

—Doña Élida. ¿Cómo anda? —le pregunta Romina a la mujer en tono amable.

—Bien querida, supe lo de tu mamá y quería darte mis condolencias —le dice Élida afligida.

—Muchas gracias.

—La verdad que estábamos muy conmovidos cuando nos enteramos de su partida, era una mujer muy buena, que Dios la tenga en la gloria —dice Élida mientras se persigna —. ¿Y qué anda haciendo por acá? —le pregunta curiosa.

—Vendí la casa, así que aprovecho para presentarle a Ámbar, ella es la nueva dueña —dice Romina al mismo tiempo que me señala con la mirada.

—Ah, mire, así que tenemos una nueva vecina, un gusto —dice Élida dirigiéndose a mí con una sonrisa.

Le devuelvo el gesto con una sonrisa.

—¿Y está casada? —me pregunta curiosa la mujer.

Niego con la cabeza. Ella me mira con extrañeza.

Romina me mira y se sonríe.

—Es que Ámbar la puede escuchar pero no puede hablar —le comenta Romina.

Afirmo con la cabeza lo dicho por Romina.

—Ah, mire que curioso.

—Bueno, un gusto verla bien doña Élida, hasta pronto.

—Igualmente, querida, un saludo para su padre.

Enseguida Romina y yo comenzamos a alejarnos, nos miramos cómplices sonriendo.

–Por favor, explicame como se enteraron lo de mi mamá. Seguro que todavía está ahí parada mirándonos –dice Romina susurrando indignada.

Miro hacia atrás y efectivamente la veo a doña Élida mirando nuestros pasos. La saludo con la mano y le sonrío a lo que ella me responde el saludo de igual manera y comienza su retirada. Vuelvo la vista hacia adelante y nos reímos por lo bajo con Romina.

–Pronto te van a venir a golpear la puerta trayéndote mermeladas de bienvenida, lo bueno es que como no hablás no hay tema de conversación con tus vecinas y se van a ir enseguida –me dice bromeando.

–Eso espero, no tener que aguantar a las viejas chusmas de este pueblo –le digo jaraneando.

Ya dentro de la casa, estoy descalza, recostada en el sillón, Romina se acerca desde la cocina con hielo envuelto en un repasador blanco y me lo entrega.

–Tomá, ponete hielo, te va a aliviar el dolor.

–Pero me va a dar frío –le digo a en tono de queja.

–No te portes como una nenita y ponete el hielo –me dice en tono de reto.

Me pongo el hielo en la zona del riñón izquierdo, me da escalofríos.

–Perdoname, hoy te traté mal y vos solo querías ayudarme, la verdad es que estoy acostumbrada a cuidarme sola –le digo afligida.

–No hay problema, voy a ver que cocino para la cena, porque si te mando a pescar a vos nos morimos de hambre –dice burlandose.

–Encima que estoy convaleciente te burlas de mí, sos muy cruel, Romina Valdez –le digo bromeando.

–Sí y puedo ser más cruel si te hago cosquillas –dice Romina mientras me agarra el pie y me hace cosquillas.

Río a carcajadas mientras intento inútilmente zafar mi pie.

Ella parece disfrutarlo y ríe. Escuchamos que golpean la puerta de entrada y cesan las cosquillas.

—Te salvó la campana —me dice alegre.

Romina se dirige hacia la puerta y yo la sigo con la mirada.

Abre la puerta y llego a ver la mitad del cuerpo de una mujer mayor.

—¡Doña Ángela! ¿Cómo anda? —le pregunta sorprendida Romina a la mujer.

—Bien querida. ¿Vos cómo estás? Lamento mucho lo de tu madre —dice la mujer en tono afligido.

—Gracias —se hace un silencio largo —. ¿Qué la trae por acá? —le pregunta Romina a la mujer para terminar el incómodo momento.

—Supe que tenemos una vecina nueva y quería darle la bienvenida. ¿No está ella? —dice la mujer amablemente.

Al escuchar las palabras de la mujer me escabullo más en el sillón para evitar que alcance a verme.

—Sí, pero está descansando porque no se sentía bien.

—Uy que pena, bueno seguramente nos vamos a cruzar en algún momento. Te dejo a vos la mermelada entonces, la preparé esta mañana, es de damasco, espero que le guste —dice la mujer cordialmente.

—Bueno, yo le voy a decir que usted estuvo por acá. Muchas gracias —le dice Romina y cierra la puerta.

Romina y yo nos miramos sorprendidas por la situación que acaba de pasar.

—Eso sí que fue rápido, pensé que iban a tardar unos días en traer la mermelada. Seguro todo el pueblo ya debe saber que estás acá. Parece que el hecho de que no hables no las espanta sino que te hace más exótica —dice Romina en tono socarrón.

—No lo puedo creer.

—Lo bueno es que tenemos mermelada para el desayuno de mañana —dice Romina en tono burlón.

Reímos juntas.

CAPÍTULO 3

Ya pasaron varios días de paseos visitando lugares con paisajes increíbles. Volvimos a intentar pescar y voy mejorando mi técnica. Nunca antes me había sentido así, con tantas ganas de vivir, Romina sin dudas es responsable de eso, aunque siento que mis sentimientos hacia ella se hicieron más fuertes y a veces puedo confundirme con facilidad, logro reprimirlos porque no quiero perder su amistad, me conformo con tenerla cerca. Pero pronto se irá y no sé si volveré a verla y eso la verdad es que me perturba, no sé si estos días que pasamos juntas serán suficientes para que ella quiera volver a verme, siento que aún me mira con desconfianza, como si supiera que escondo algo oscuro, por eso mantengo una distancia prudencial, no quisiera que me juzgue como lo han hecho muchos, intento dejar mi pasado atrás, empezar una nueva vida y creo que por fin lo estoy logrando.

Entre tanto supe por María Laura que mi abuela Juana, finalmente falleció tras una larga agonía, en soledad, en la triste habitación del hospital donde la visité aquella vez. Por el lazo de sangre que nos unía y por ser su única nieta obtuve una considerable herencia. Una gran ironía sabiendo el odio que mi abuela me tenía, terminó favoreciéndome con su muerte.

El frío del invierno ya se ha instalado, los árboles están deshojados, los grillos ya no cantan y las ranas esperan la llegada de la lluvia para salir de sus madrigueras, hoy parece que será la ocasión porque la tarde está completamente nublada, me encuentro en el exterior cerca del cobertizo cortando madera con el hacha para hacer leña, con guantes de hilo de algodón para proteger mis manos, gorro de lana, campera abrigada, borcegos y jeans. Coloco un pedazo de tronco sobre otro más grande y lo rompo en varias partes con el hacha. Después de cortar varios pedazos, guardo algunos leños en el cobertizo junto con los guantes y el hacha, luego recojo los leños que quedaron sobre el pasto y me voy hacia la casa.

Entro por la puerta trasera, veo la notebook de Romina prendida sobre la mesa de la cocina, pero ella no está. Dejo los leños cerca de la chimenea y coloco algunos sobre el fuego para calentar la fría tarde, escucho que comienza a llover con gran intensidad.

Me acerco a la cocina y veo que el agua de la pava que está sobre la hornalla prendida está hirviendo, apago el fuego, me quito el gorro y la campera, la cuelgo sobre el respaldo de la silla, miro la pantalla de la computadora y veo mi nombre en un listado de noticia en internet que se titulan: **"ADOLESCENTE DE DIECIOCHO AÑOS ASESINA A SU PADRE", "ASESINATO DEL MÉDICO TENIENTE CORONEL DE LA ARMADA ARGENTINA JORGE ENRIQUE GUTIERREZ", "ESTREMECEDOR HALLAZGO EN UNA CASA DEL BARRIO DE AVELLANEDA", "ASESINATO DE UN PRESTIGIOSO MÉDICO".**

Miro la pantalla absorta, es evidente que Romina ya ha leído estas noticias, el pasado otra vez se hace presente. Siento una flojera en todo el cuerpo, el pánico está a punto de hacerse presente en mí. De repente aparece Romina cargando un bolso de viaje en cada mano. Cruzamos nuestras miradas, ella me mira seriamente, con una mirada acusatoria, camino alrededor de la mesa alejándome de la notebook, Romina baja la pantalla y guarda la pc dentro de uno de los bolsos, bajo la mirada y me encamino hacia la puerta trasera.

—¿No pensás decir nada? —me dice Romina en tono elevado.

—¿Para qué? Vos ya me juzgaste, por eso te vas —le digo mientras le dirijo la mirada.

—¿Te parece poco haberme mentido? Dijiste que tu papá había muerto en un accidente, cuando en realidad lo asesinaste. Pequeño detalle. ¿No te parece? —me dice enojada —. ¿Tu mama realmente murió por cirrosis o también la asesinaste? —me pregunta agresiva.

—Te fuiste a la mierda —le digo enojada, mientras le lanzo una mirada furiosa —. Lavate bien la boca antes de hablar de mi mamá —en tono elevado mientras me acerco a ella.

—¿Qué vas a hacer si no? ¿Vas a agarrar tu arma y me vas a pegar un tiro también? —me dice prepotente, mientras se para tensa y me enfrenta.

La miro fijamente, respiro agitada, siento un dolor enorme por dentro, no puedo evitar llorar. Romina permanece impoluta en su posición de ataque.

—Si realmente me conocieras sabrías que nunca te lastimaría, realmente fuiste importante para mí, pero ahora me demostraste que sos igual a todos —le digo con la voz quebrada.

—Ah mirá, así que ahora soy yo la mala de la película —dice en tono irónico.

—Mejor andate, ya sabés la verdad absoluta, no sé que haces todavía acá, cerca de una asesina —lanzo en tono sarcástico.

—¿Y cuál es la verdad? ¿Acaso no asesinaste a tu papá? —me pregunta punzante.

—Que tengas buen viaje —intento irme dándole la espalda.

—¿Vas a seguir huyendo y mintiendo toda tu vida? ¿Por qué no das la cara de una vez? —me pregunta mordaz.

Me detengo, giro y vuelvo sobre mis pasos quedando muy cerca de Romina. La miro a los ojos, respiro agitada, trato de mantenerme fuerte.

—Yo no te mentí, porque sí que fue un accidente —hago una pausa, resuello —. Una noche yo estaba en mi habitación y empecé a escuchar los gritos desesperados de mi mamá pidiendo ayuda porque el hijo de puta de mi papá la estaba golpeando, corrí hasta su habitación y ahí estaba ella, tirada en el piso completamente ensangrentada. Creí que estaba muerta. Él ya no estaba en la habitación, por eso aproveché y agarré el arma que siempre guardaba en el cajón de su ropero, lo busqué por toda la casa hasta que lo encontré en al baño a punto de entrar a la ducha, lo apunté con el arma, él se abalanzó sobre mí, recuerdo sus manos manchadas con la sangre de mi mamá, forcejeamos y el arma se disparó, la bala le perforó el estómago y cayó junto a la bañera, no murió en al acto, estuvo agonizando por varios minutos y la verdad es que disfruté verlo morir lentamente, arrastrándose, suplicando ayuda como tantas veces lo hizo mi mamá, me condenaron a quince años de prisión, me redujeron la pena a doce por buena conducta y acá estoy de nuevo bajo tu mirada acusatoria que te creíste que con leer un par de noticias estúpidas sabías todo de mí —le digo entre lágrimas.

Romina se muestra conmovida pero firme en su posición defensiva.

–¿Sabés lo que no cuentan en esas noticias de mierda? Que el prestigioso doctor José Enrique Gutiérrez era un reverendo hijo de mil puta, que además de golpear a mi mamá hasta dejarla inconsciente, me violaba desde que yo era muy chica.

Romina me mira sorprendida. Giro y me descubro la espalda, donde tengo varias cicatrices circulares.

–¿Ves las cicatrices? Cada cicatriz que tengo son las veces que esa basura me violó, después de violarme me marcaba con el cigarrillo en la espalda.

Me doy vuelta mientras acomodo mi ropa y la veo a Romina conmovida.

–Intenté suicidarme varias veces –mientras le muestro mis muñecas llenas de cicatrices horizontales –. Pero el doctor siempre me salvaba, por supuesto que no me iba a dejar ir así nomás, si no ya no tendría a quién violar y torturar. Me decía que si contaba algo iba a matar a mi mamá, esa fue la verdadera razón por la cual dejé de hablar. Fue un accidente pero realmente me alegró que ese hijo de puta se haya muerto. Aunque estaba presa me sentía libre, lejos de toda la mierda que viví –hago una pausa mientras trago saliva –. Me contaron que su funeral fue con todos los honores, taparon todo inventando otra historia, no iban a permitir que se manche su nombre y esa es la mierda que vos leíste –me seco las lágrimas con mis manos –. Nunca te mentí, solo que hay cosas que me duele recordar y prefiero callar.

Intento irme, pero Romina me detiene agarrándome del antebrazo, está llorando. Enseguida me abraza fuertemente, yo me quedo paralizada.

–Perdoname, por favor perdoname, soy una estúpida –me dice con la voz quebrada.

Luego de unos segundos me echo para atrás y me encamino hacia mi habitación.

–Ámbar, por favor perdoname –me suplica angustiada.

–Quiero estar sola ahora –le digo sin detener mis pasos.

Entro a la habitación, cerrando la puerta detrás y me desplomo sobre la cama, abrazando la almohada me quedo abstraída mirando a la nada misma.

–Otra vez el pasado que se hace presente, parece que no importa lo que haga para evitarlo, siempre vuelve –pienso.

Llega otro día nublado apenas se puede ver el sol entre algunas nubes que dan tregua a la lluvia. El césped está húmedo y se siente el olor a tierra mojada en el aire. Estoy dentro del cobertizo. La camioneta de Romina ya no está, por lo que supongo que ya se ha ido. Tengo una pala pequeña en mis manos cubiertas con guantes de hilo de algodón, arriba de la mesa hay desparramados varios sobres de semillas de diferentes hortalizas y verduras, junto a varias latas de hojalatas vacías a las que voy rellenando con la tierra que saco de la bolsa que está en el suelo con la ayuda de la pala; abro los diferentes sobres y coloco las semillas en cada lata. De repente escucho el ruido del motor de un vehículo que se acerca a la casa, me asomo por la ventana y para mi sorpresa veo a Romina estacionando su camioneta frente a la casa, sin darle mayor importancia continúo con mi tarea de abrir sobres y colocar las semillas dentro de las latas, luego comienzo a colocar más tierra para completar, cuando entra Romina al lugar y se acerca hacia mí con paso lento, yo no le dirijo la mirada y sigo con mi labor.

–Buen día. ¿Cómo estás? –me pregunta en tono suave.

–Pensé que ya te habías ido –le digo sin levantar la mirada.

–No me iba a ir sin despedirme, fui a comprar algo rico para comer. ¿Desayunaste ya? –me pregunta amablemente.

–No –le respondo de manera tajante y continúo con el rotulado de cada lata.

–Estás sembrando las semillas, ese era el sueño de mi mamá, tener su propia huerta acá, ella había comprado las semillas pero nunca pudo hacerlo –me cuenta nostálgica.

Intento mostrarme firme sin que me afecten sus palabras, pero por dentro me muero por que me abrace, prefiero continuar con mi trabajo.

–¿Preparo café? –me pregunta Romina.

Afirmo con la cabeza, Romina sale del lugar. Termino de echar un poco más de tierra en las latas hasta llegar al tope, pongo las latas dentro de la carretilla, me quito los guantes, y salgo del cobertizo cargando la carretilla, la dejo en el exterior para que el agua de lluvia pronto las riegue y me voy hacia la casa.

Al entrar se huele un riquísimo olor a café. Romina está en la cocina con la jarra de la cafetera en una mano y en la otra una tetera humeante; sobre la mesa hay dos tazas.

–¿Más café que leche como siempre? –me pregunta Romina.

–Sí, gracias –le respondo mientras me acerco a la mesa.

Hay unos rolls que se ven exquisitos, me siento frente a la taza que Romina me acaba de servir con leche de la tetera, y luego continúa sirviendo su taza; agarro un roll y lo miro antes de comer.

–Ese es de manzana, te va a gustar –me indica con seguridad.

Sin emitir palabra, comienzo a degustar y de verdad que está delicioso.

–¿Te gusta?

Afirmo con la cabeza mientras sigo comiendo sin dirigirle la mirada.

–Ámbar, entiendo que estés enojada –me dice Romina mientras se sienta a la cabecera de la mesa cerca mío –. Sé que te lastimé, no me va a alcanzar la vida para pedirte perdón por haberte juzgado así, pero no quiero irme sabiendo que vos estás mal y sin que hayamos podido hablar sobre esto –dice mientras me toma la mano.

Yo siento que se me paraliza el cuerpo y las palpitaciones se aceleran, suelto el roll de manzana y trago de golpe el bocado que tengo en mi boca, miro su mano sobre la mía, muerdo mi labio inferior dubitativa, nerviosa.

–Yo… En realidad… Creo que es mejor dejar todo como está –le digo avergonzada e intento quitar mi mano, pero Romina la agarra con más fuerza y la retiene.

–Por favor Ámbar, quiero escuchar todo lo que tenés para decirme, no te quedes callada. Yo me voy a ir y no sé si alguna vez nos vamos a volver a ver –dice suplicando Romina.

Sus últimas palabras calan hondo, el solo hecho de pensar que quizás no la vuelvo a ver, me llena de amargura, mis pensaminetos se confunden, quiero gritar pero siento un nudo en la garganta.

–No quiero que te vayas –lanzo sin darme cuenta.

–Es que lamentablemente tengo que volver a Buenos Aires, ya pasé más tiempo del que debía acá.

–Pero, ¿por qué decís que no sabés si nos vamos a volver a ver? Vos podés venir cuando quieras acá, esta siempre va a ser tu casa.

–Gracias –dice Romina conmovida –. ¿Entonces estamos bien? ¿Me perdonás?

–No, digo… sí, no hay nada que perdonar, ya pasó, pero no está todo bien, yo… –respiro agitada, quito mi mano retenida por Romina, estoy nerviosa.

Romina me mira desconcertada. Me pongo de pie abruptamente, camino de un lado a otro.

–¡Hey! ¿Qué te pasa? ¿Por qué estás así? –me pregunta Romina mientras se acerca y me abraza.

–Tengo miedo –le digo con voz llorosa.

–¿A qué le tenés miedo? –me pregunta preocupada.

–Tengo miedo de perderte –mientras doy un paso hacia atrás y veo su mirada de desconcierto –. Hay cosas que no sé como manejarlas, siento algo que nunca había sentido, no sé cómo explicarlo, antes de conocerte me sentía triste, siento que me hacés bien, que llenás con tu sonrisa todos esos espacios vacíos que tenía, cuando estás cerca de mí me pongo nerviosa, tenía miedo de que te dieras cuenta por eso trataba de mantenerme distante –hago una pausa para respirar hondo, mientras Romina me mira confundida –. No sé si hago bien en decirte esto, pero ahora que te vas, yo… –se escucha un trueno lejano y la lluvia que comienza a caer con gran intensidad.

–Parece que la lluvia otra vez no me va dejar ir –dice Romina mientras se asoma por la ventana, se la nota incómoda.

–Quizás sea una señal –le digo tímidamente.

–¡Basta Ámbar! –me dice ofuscada mientras se aparta de la ventana y toma distancia de mi –. ¿Para qué me decís todo esto ahora?

–Perdoname si te incomodé, pero la verdad es que quiero despertarme cada día a tu lado, quiero cuidarte, hacerte feliz, si de todas maneras te ibas a ir, al menos por esta vez quería animarme a decir lo que siento –lanzo mi confesión y me siento más aliviada por haberlo hecho.

Romina se muestra incómoda, enojada, amaga a hablar pero finalmente se va, enseguida escucho la puerta de su habitación que se cierra.

Comienzo a caminar por toda la casa, pienso que tal vez no fue buena idea decirle lo que siento por ella, si había una chance de volverla a ver, ya no existe, ahora sí que se va a ir para siempre. Voy hasta la habitación de Romina e intento llamar a su puerta, pero desisto de la idea, vuelvo al living y me dejo caer sobre el sillón, me tomo la cabeza con ambas manos. De repente la intensidad de la lluvia se calma y se puede escuchar el silencio de la casa y el chisporroteo de los leños en la chimenea.

A los pocos minutos aparece Romina, con un cambio de ropa y un pequeño bolso en su mano. Me acerco a ella con la mirada hacia el suelo, ya frente a frente Romina me extiende un manojo de llaves.

–Quedatelas, ya te dije que podés volver cuando quieras –le digo a Romina mirándola a los ojos.

–No me parece bien, ahora esta es tu casa –se muestra distante y deja las llaves arriba de la mesa.

Paso al lado de Romina sin pronunciar palabra, levanto del suelo uno los bolsos medianos y abro la puerta de entrada, salgo al zaguán y agarro un paraguas negro que descansa apoyado contra la pared, lo abro y la miro a Romina esperando que salga; ella enseguida recoge el otro bolso del suelo y sale parándose debajo del paraguas junto a mí, bajamos la escalera y nos dirigimos hacia su camioneta caminando varios metros. Romina abre la puerta trasera del vehículo y tira los bolsos encima de varias cajas que hay sobre los asientos, cierra la puerta y le extiendo el paraguas.

–Llevalo, quizás lo podés llegar a necesitar en el camino.

Romina agarra el paraguas, quedamos frente a frente a escasos centímetros, se denota la incomodidad entre ambas.

–Manejá despacio con la lluvia, tené mucho cuidado en la ruta –enseguida la abrazo –. Gracias por todo, nunca te voy a olvidar –siento que ella me abraza tímidamente con su brazo libre.

Le doy un beso suave en la mejilla y hago dos pasos para atrás quedando debajo de la lluvia, nuestras miradas se cruzan por unos segundos.

–Te amo… –le digo con voz suave.

De inmediato doy media vuelta y me encamino hacia la casa, casi llegando a las escaleras escucho pasos apresurados detrás mío que resuenan sobre el césped lleno de agua; me doy vuelta y veo que Romina viene corriendo hacia mí, me abraza fuertemente mientras respira agitada, sorprendida la abrazo de igual manera. Romina se para frente a mí, quedando muy juntas; nos miramos durante algunos segundos, mientras Romina me acaricia el rostro suavemente deslizando sus dedos hasta llegar a mi boca. La miro totalmente desconcertada, intento hablar, pero Romina me besa, enseguida le respondo de igual manera y nos besamos apasionadamente entrelazando nuestras lenguas.

Sin dejar de besarnos nos encaminamos lentamente hacia la casa, Romina tira el paraguas en el zaguán y entramos cerrando la puerta detrás con un portazo; entre sonrisas cómplices, la excitación aumenta mientras nuestras salivas se mezclan; seguimos camino hasta mi habitación, a cada paso, delicadamente, nos vamos quitando poco a poco la ropa mojada quedando nuestros pechos erizados al desnudo. Enseguida vemos nuestras curvas desnudas recostadas sobre la cama. Romina se encuentra boca abajo; yo le muevo el cabello hacia un costado y le acaricio suavemente la espalda rozando cada uno de sus lunares con mis labios inquietos, siento como su piel se excita y su respiración se agita. Al cabo de algunos segundos, Romina se da vuelta y me besa intensamente humedeciendo nuestras ardidas bocas; comienzo a deslizar mis besos y mis dedos plácidamente por su delgado cuello, abriéndome camino entre sus turgentes pechos tensos hasta llegar un poco más abajo de su vientre, veo como su cadera se arquea cuando acaricio su textura esponjosa con mi lengua en llamas y mis dedos lubricados de placer, Romina desahoga los gemidos que se vuelven murmullos hasta llegar al orgasmo definitivo, siento como sus glúteos se relajan y sus espasmos desaparecen lentamente al ritmo de su respiración.

Pronto me acuesto a su lado, nos miramos con ternura, no puedo creer lo hermosa que se ve Romina, enseguida ella apoya su cabeza contra mi pecho y me abraza, entrelazamos nuestras piernas, mientras la rodeo con mi brazo, beso su frente sudada y acaricio su cabello despeinado. Con mi brazo libre recojo la manta del suelo y cubro nuestros cuerpos, Romina besa mis labios y vuelve a hundir su cabeza sobre mi pecho cerrando sus ojos, reina el silencio más bello; que placer sentirla así, su calor, su respiración, su olor a excitación; aliviada cierro mis ojos; yo lo sentía y lo sabía, ella lo sentía y lo sabía y ambas sabíamos que inevitablemente esto pasaría.

Luego de una larga siesta, la noche se hizo lugar, despierto y Romina no está en la habitación; escucho ruidos que vienen del baño, voy hacia allá, al entrar veo a Romina dentro de la ducha y decido acompañarla, dejo que el agua tibia recorra nuestros cuerpos, juntas bajo el agua, enjabono la esponja y me entretengo en cada centímetro, en cada profundidad, en cada redondez de su carne suave sintiendo como se relaja y beso su cuello mojado, la abrazo por detrás pegando mi pelvis a sus glúteos y mis pechos a su espalda, huelo el aroma de su piel limpia y perfumada, Romina me toma de las manos, siento que podría quedarme horas así. De repente suena el celular de Romina desde la cocina y nos despierta del relajo. Sobresalta Romina sale de la ducha.

–Perdoname, tengo que atender, deben estar preocupados porque pensaban que volvía hoy –dice Romina mientras seca su cuerpo con un toallón blanco y luego envuelve su cabello con este, se coloca la ropa interior, una remera y sale del baño.

Desde la ducha intento escuchar el diálogo que mantiene Romina, pero el ruido del agua que cae me lo impide, por eso cierro la canilla y mientras seco mi cuerpo con un toallón blanco, pongo mi atención en la voz de Romina que se pasea en la cocina mientras habla por su celular.

–Sí, ya sé, pero no te preocupes que estoy bien, mañana a la tarde estoy allá, dale, descansá, un beso, yo también, chau. –escucho que dice Romina.

Enseguida la veo pasar frente al baño y dirigirse a su habitación.

Con el toallón envolviendo mi cabeza llego a mi cuarto y comienzo a vestirme, me siento preocupada por lo que acabo de escuchar, la luna de miel se terminó, mañana Romina se irá.

Romina se asoma a mi puerta, ya abrigada con su sweater azul.

–¿Querés que prepare un omelette? –me pregunta Romina despreocupada y alegre.

–Bueno –le digo. Ella me tira un beso a la distancia y se va.

Termino de vestirme y abrigarme con un saco largo de lana gris y voy hacia la cocina donde Romina ya se encuentra cocinando dos omelettes en una sartén. Cerca de ella hay una copa con vino tinto.

–¿Me alcanzás los platos, por favor? –me dice al verme llegar.

En silencio agarro dos platos y los dejo sobre la mesada cerca de Romina. Luego tomo dos pares de cubiertos, un vaso y los acomodo sobre la mesa, mientras Romina sirve un omelette en cada plato, abro la heladera y saco una botella de agua, sirvo un poco de líquido en mi vaso y dejo la botella sobre la mesa, en tanto Romina deposita los platos, su copa de vino y nos sentamos a la mesa enfrentadas.

–¿Brindamos? –dice ella mientras agarra su copa.

–¿Mañana te vas? –le pregunto cabizbaja.

–Sí, se juntaron varios asuntos allá y tengo que volver a Buenos Aires urgente –dice mientras alza su copa –. Pero, ¿por qué no brindamos por todo lo que vivimos este último tiempo? –pregunta entusiasmada.

Más aliviada alzo mi vaso de agua.

–Brindo por habernos conocido y por volver a reencontrarnos pronto –le digo mientras chocamos los cristales dos veces.

Romina bebe un buen sorbo de vino; y yo otro poco de agua, comenzamos a degustar la comida.

–¿En qué parte de Buenos Aires vivís? –le pregunto mientras sigo masticando.

–En Palermo, ahí también está ubicada la empresa, prácticamente vivo ahí adentro, por eso me vinieron bien estos días de descanso para pensar –dice Romina mientras da el ultimo bocado.

–¿Pensar en qué? –le pregunto curiosa y termino el omelette.

–En todo… Estuve pensando en vender la empresa, ocupar ese tiempo en mí, no sé, veré que hago cuando esté allá.

–Pero ahora estás acá conmigo –le digo mientras me pongo de pie y me aproximo a ella.

Le extiendo mi mano, Romina la toma mientras se pone de pie y la agarro de la cintura, ella me rodea con sus brazos por encima de mis hombros, nos besamos intensamente y nos abrazamos con fuerza para dar paso a un baile lento con música de fondo imaginaria. Que hermoso sentirla así, quisiera que el tiempo se detuviera en este momento y vivir amarrada a esas curvas. Pero las horas pasan y amanecemos en mi cama con nuestros cuerpos desnudos entrelazados y el sol entrando por la ventana, abro los ojos y veo a Romina despertar, me sonríe, beso su boca y la abrazo, ya comienzo a sentir que se aleja.

En breve ya estamos a la mesa terminando de desayunar pan tostado con la mermelada casera que nos obsequió Doña Ángela y unos cafés humeantes, Romina se encuentra sentada sobre mi falda; mira la hora en su celular, marca las diez a.m.

—Me tengo que ir, se está haciendo tarde —dice e intenta pararse pero la retengo abrazándola con más fuerza.

—No, no, no, un rato más, por favor —le suplico.

—Me encantaría quedarme, pero es un viaje largo —dice complaciente.

—Prestame tu celular —le digo.

Romina extrañada me entrega su celular. Abro sus contactos y le agendo mi número, enseguida llamo a mi celular y escucho que suena en la lejanía.

—Listo, avisame cuando llegues, ¿si? —le ruego mientras le entrego su celular.

—Dale, te aviso —dice Romina mientras se pone de pie.

—Esperá —le digo al mismo tiempo que me paro y saco del bolsillo delantero de mis jeans el manojo de llaves y se las extiendo —. Tomá, estas llaves son tuyas.

Romina las toma y nos abrazamos, al mismo tiempo que nos besamos con delicadeza sin dejar de mirarnos a los ojos.

Reprimo las lágrimas y me muestro fuerte. Enseguida nos separamos, Romina abre la puerta, yo la sigo, bajo el zaguán le doy un último beso y suelto su mano, reposando sobre la columna que soporta el techo, la veo subirse a su camioneta. Las lágrimas se me escapan mientras se marcha, la acompaño con la mirada hasta que sale de mi alcance.

Ahora solo me queda esperar volver a verla pronto, aunque ya comienzo a extrañarla.

—*¿Acaso podré aguantar su ausencia? No lo sé, siento que me ahogo. ¿Qué voy a hacer sin ella?* —pienso.

Mil pensamientos pasan por mi mente, antes de entrar en un colapso, voy corriendo hacia la habitación de Romina y me dejo caer en su cama abrazando su almohada, inspiro profundo para sentir su olor y me tranquilizo.

Sin darme cuenta las horas han pasado y me despierto sobresaltada, miro por la ventana y veo que el sol ya no está, voy hasta mi habitación, busco en el cajón de la mesa de noche mi celular y veo varias notificaciones de llamadas perdidas de un número desconocido y una llamada de Romina, de prisa le devuelvo la llamada, pero ella no atiende, corto el llamado. Intento hacer una video llamada pero la señal del celular no me lo permite, enseguida entra un audio de Romina, lo escucho de inmediato.

—Hola hermosa, seguro no tenés buena señal, solo quería avisarte que llegué bien, hace un rato; y decirte que te extraño, bueno espero que estés bien, beso grande.

—Hola amor, te extraño, te extraño mucho —se me quiebra la voz —. Que descanses, mañana escribime ¿si? Te amo, beso —le mando el audio y me dejo caer desplomada sobre la cama.

La incertidumbre de no saber cuando la volveré a ver ya me está poniendo demasiado ansiosa.

CAPÍTULO 4

Ya han pasado varios lunes y no me he podido comunicar con Romina, intento llamarla sin resultado positivo, le envié varios mensajes, los cuales les llegaron pero al parecer no los lee porque tampoco obtengo respuesta. La he buscado por redes sociales, pero tiene bloqueado el envío de mensajes privados, en internet encontré el número telefónico de su empresa y llamé, pero siempre me responden que no está disponible. No sé lo que sucede, simplemente desapareció de un día para otro, es como si me hubiera eliminado de su vida y que no quiere que haya alguna posibilidad de que la encuentre. Aunque me resista a esa idea, quizás fui solo una aventura.

Después de mucho tiempo me aventuro a ir al pequeño centro del pueblo. La verdad es que no sé que me impulsa hasta acá, pero estoy parada dentro de la modesta capilla construida en piedra, una mujer de edad avanzada con la cabeza cubierta con un velo negro, se para a mi lado y se arrodilla mientras se persigna mirando la figura de Jesús que se ubica al final del pasillo de bancos de madera oscura, rodeado de velas en candelabros de oro y arreglos florales. Enseguida se sienta en el primer banco de la fila cerca de la entrada y se dispone a rezar con un crucifijo entre sus manos.

Camino por el pasillo y me siento en el banco de la primera fila, elevo mi cabeza hacia la figura de Jesús, fijo mi mirada en sus ojos caídos.

—¿Cuándo vas a aparecer? ¿Qué te hice yo para que me odies tanto? —le pregunto a Jesús en voz alta, con un tono rencoroso.

—Dios no te odia, hija, él solo puede amarte —me dice la voz de un hombre en tono suave.

Miro hacia un costado y veo a un sacerdote de unos cincuenta años de edad parado a mi lado, vistiendo el típico atuendo de párroco.

—¿Puedo sentarme? —me pregunta el sacerdote amablemente.

Bajo la mirada y no le respondo. El sacerdote se sienta a mi lado.

—A veces uno cree que Dios nos ha abandonado, pero en realidad él en su sabiduría nos pone dificultades en el camino para poner a prueba nuestra fe —me dice el sacerdote con voz pausada y suave.

—No necesito que me dé un discurso ahora; usted no tiene ni idea de las pruebas que yo pasé —le digo al sacerdote interrumpiendo su discurso.

—Pero sin embargo el Señor te ha dado la sabiduría para saber superarlas —me dice el sacerdote tratando de animarme.

—No se ofenda, pero mejor guárdese las palabras para la misa, ni siquiera sé para qué vine —le digo ofuscada al sacerdote mientras me pongo de pie.

—Que Dios te bendiga, hija —me dice amablemente el sacerdote.

Sin detener mis pasos salgo de la capilla. Respiro hondo, del otro lado de la plazoleta veo el cartel del local de comidas **VENANCIO BAR**, me apresuro para llegar hasta ahí, en la puerta hay un pizarrón negro, enmarcado en madera, donde anuncian con tizas de colores la venta de choripán, empanadas criollas y cerveza artesanal. Entro al local de medianas dimensiones, con las paredes de ladrillos a la vista, vigas de madera atravesadas y techo de chapa, hay una pequeña barra donde se ve un teléfono inalámbrico de línea apoyado sobre esta y una repisa empotrada en la pared con botellas de bebidas alcohólicas. Algunos instrumentos musicales decoran la única pared blanca, hasta ahí llego y me siento a una mesa de madera gastada, al igual que las sillas con tapizado de color blanco. No sé si será muy temprano o muy tarde para almorzar pero soy la única clienta en el lugar.

Enseguida se acerca una mesera de apariencia joven, con una bandana de color rojo sujetando su cabello negro, tez blanca que realzan sus ojos negros y una sonrisa dibujada en sus labios oscuros.

–Buenas tardes, te dejo la carta –me dice la mesera en tono simpático, al mismo tiempo que me entrega un menú plastificado bastante estropeado.

La mesera amaga a irse, pero detiene su paso cuando le devuelvo la carta.
–Quiero dos empanadas criollas de carne suave y un agua con gas por favor –le digo a la mesera quien me sonríe y se marcha.

Mientras espero que llegue mi almuerzo miro mi celular, voy al buscador de internet e indago si hay alguna noticia reciente de Romina, pero solo se ven titulares con fechas antiguas, voy a la sección de imágenes y observo detenidamente cada foto de ella. Resuello con nostalgia, realmente necesito saber de ella y resolver su misteriosa desaparición.

Pronto la mesera deposita en la mesa el plato de losa blanca con las dos empanadas, el agua con gas y un vaso, logra distraer mi atención de la pantalla, le agradezco con un gesto amable; noto que aún sigue parada a mi lado por eso la miro.

–Disculpame, nunca te había visto por acá. ¿Estás de paseo? –me pregunta la joven.

–No, hace un tiempo que estoy viviendo en otra zona del pueblo –le respondo a la mesera.

–¿Vos sos la que compro la casa de los Valdez? –me pregunta con suspicacia.

–Sí –la miro asombrada por la información que maneja.

–Somos vecinas entonces, yo vivo a unas cuantas casas de ahí. Mi nombre es María, cualquier cosa que necesites avisame, buen provecho –me dice la joven en tono cordial y se retira.

Dejo el celular de lado y comienzo a degustar las empanadas, abro la botella de agua y me sirvo en el vaso, bebo un trago largo y siento que las burbujas se me suben hasta el cerebro.

Luego de devorar las empanadas, me dirijo hacia la barra donde está la mesera que me mira sorprendida, supongo que su mirada se debe a mi rapidez para comer.

–¿Todo bien con la comida? –me pregunta María.

–Sí, muy ricas. Quería saber si me podés prestar el teléfono para hacer una llamada, mi celular se quedó sin batería –le miento.

Ella me mira con desconfianza, entonces meto la mano en el bolsillo delantero de mis jeans y saco un billete de diez dólares y se lo dejo sobre la barra, al ver el billete los ojos de la mesera se iluminan y me entrega el teléfono sin decir una palabra más, toma el billete y se va por una puerta hacia atrás dejándome completamente sola. Enseguida marco el número del móvil de Romina, lo escucho sonar por unos minutos y salta el contestador, me quedo escuchando su voz rasposa hasta el final del mensaje grabado: *Hola, te comunicaste con Romina Valdez, en este momento no te puedo atender, dejá tu mensaje.* Corto la llamada decepcionada, dejo el teléfono sobre la barra y salgo del lugar, me quedo parade en la puerta desorientada, de repente un perro de tamaño mediano de pelaje corto negro, orejas de forma plana, barbilla larga y blanca, se me acerca moviendo la cola y jadeando invitándome a que lo acaricie, no me puedo resistir a sus encantos, y me agacho para acariciar su cabeza a lo que este me responde restregando su cuerpo sobre mis piernas, noto que lleva un collar azul gastado.

–Se llama Simón –escucho la voz de María que habla a mis espaladas.

–¿Es tuyo? –le pregunto mientras giro para verla y me pongo de pie.

–Sí –dice mientras acaricia la cabeza del perro –. ¿Pudiste hacer tu llamada?

–Sí, gracias. Bueno, hasta otro momento, un gusto María –le digo mientras doy unos pasos hacia atrás.

–¿Y cuál es tu nombre? –me pregunta animada.

–Ámbar… –le respondo con cortedad.

–Bueno, Simón y yo esperamos volver a verte pronto por acá –me dice sonriendo.

Le devuelvo la sonrisa tímidamente y me retiro cruzando la calle hasta doblar la esquina. Casi estoy por entrar a otro local y presiento que me están siguiendo, me doy vuelta y lo veo a Simón caminando detrás de mí.

–¿Qué hacés acá, Simón? –le pregunto al perro.
El perro se sienta y me mira jadeando con la lengua afuera. Le acaricio la cabeza y enseguida entro a **EL VIEJO ALMACÉN** un polirubro típico pueblerino, con sus tablones gastados de madera en los pisos, paredes con ladrillos a la vista y cientos de cacharros colgando del techo, junto a encurtidos que destilan un aroma formidable. Compro varios comestibles y otros artículos de uso diario, me dirijo a la caja para pagar y veo por la vidriera que Simón sigue esperándome, decido agregar un

chocolate pequeño a mi adquisición. Luego de abonar la compra me despido del amable hombre de nariz grande, barba y bigote gris exuberantes. Salgo del lugar cargando varias bolsas y cruzo la calle acompañada de Simón, hasta donde está estacionado mi automóvil, abro el baúl, meto las bolsas dentro y lo cierro, enseguida saco el chocolate del bolsillo de mi campera abrigada y lo engancho en el collar de Simón, le doy una última caricia sobre el lomo y me marcho en mi vehículo.

Estoy entrando a la casa cargando las bolsas y escucho que suena mi celular, de prisa dejo las bolsas en el suelo, meto la mano en el bolsillo de mi campera y atiendo sin mirar la pantalla.

–Hola ¿Romina? –contesto con vehemencia.

–¿Muda? –se escucha la voz de una mujer.
Me quedo perpleja por unos instantes sin responder.

–Soy yo, la Érica –dice la mujer en tono alegre.

–¿Érica? –le pregunto sorprendida.

–Sí, amiga. ¿Cómo estás? Pará… ¿Volviste a hablar? –me pregunta Érica en tono sorpresivo.

–Algo así –le respondo bromeando.

–¡Ay, no lo puedo creer! Bueno, yo también tengo una buena que contarte… ¡Me largaron, estoy afuera, amiga! –dice efusiva.

–Qué bueno Eri, me alegro de verdad –le digo contenta.

–Hablé con María Laura, tu abogada, y ella me dio tu número ¿Dónde estás? Quiero verte –dice con entusiasmo.

–Estoy viviendo en Córdoba.

–¿Sola o con Romina? –me pregunta suspicaz.

–¿Romina? –le pregunto descolocada.

–Sí, cuando atendiste pensaste que yo era Romina.

–Es una larga historia esa, ya te voy a contar cuando vengas –hago una pausa y pienso mientras me froto la cabeza –. ¿Me harías un favor?

–Obvio amiga, decime.

–Ya que estás allá en Buenos Aires, necesito que me averigües cualquier dato sobre Romina, hace un tiempo se fue de acá y no supe nada más de ella y la verdad me preocupa porque no sé si está bien o si le pasó algo –le digo en tono preocupado.

–¿Desapareció? –me pregunta preocupada.

–No sé, de un día para otro ya no me respondió los llamados ni los mensajes.

–Bueno amiga, pasame los datos y veo que te puedo averiguar.

–Gracias amiga, ahora te paso todo por mensaje. Espero tus novedades. Beso –le digo y cierro la llamada.

Enseguida agendo el número de Érica en mi celular y por mensaje le paso los datos de Romina. Resuello algo aliviada, no sé si podré aguantar la ansiedad de la espera.

Han pasado varios días y por la ventana veo caer un agua nieve copiosa, los vidrios están empañados y hace bastante frío dentro de la casa, agarro un leño y lo hecho al fuego mientras froto mis manos cerca para calentarme. Suena el aviso de mensaje en mi celular, lo miro y veo que se trata de Érica, lo leo de inmediato, dice: **HOLA AMIGA, TENGO NOVEDADES, MAÑANA ESTOY POR ALLÁ Y TE CUENTO. TE QUIERO. BESO.** De inmediato le respondo: **OK, TE ESPERO, BESO**.

Me quedo totalmente intrigada. Espero con ansias la llegada de Érica.

Finalmente, la noche da paso al día y estoy en la pequeña terminal de micros esperando la llegada de Érica, apoyada sobre una columna de concreto que sostiene el techo de chapa de fibrocemento. Enseguida arriba un micro de doble piso y veo descender a Érica con una mochila a cuestas, quien al verme corre a mi encuentro. Nos abrazamos fuertemente.

–¡Amiga! –dice alegre.

–Qué lindo volver a verte –le digo mientras la beso en la mejilla.

–¡Boluda! ¡Qué frío que hace acá! –dice tiritando.

–Vamos para la casa a tomar algo caliente –le digo mientras la llevo abrazada desde sus hombros.

Ya instaladas estamos bebiendo una taza de chocolate caliente sentadas en el living cerca de la chimenea.

–Bueno, ya te conté toda la historia con Romina, ahora quiero saber que averiguaste –le digo tajante.

–La verdad, amiga, te tengo que aplaudir por haberte comido a semejante mina, una súper modelo, sos mi ídola.

Le lanzo una mirada de reprobación.

–Bueno, bueno, te cuento –dice Érica captando el mensaje, toma un último sorbo de chocolate y deja la taza sobre la mesa ratona, respira hondo –. Resulta que fui hasta su oficina, donde me habías pasado la dirección, entré hasta la recepción haciéndome pasar por una cadeta que iba a llevar unas muestras de tela, ahí justo escucho que mandan a un chico a llevarle unos papeles para que Romina firme a su casa, como me habías dicho que ella vivía cerca, me fui atrás del pibe este y lo seguí, veo que toca el timbre en un edificio, no sabés lo que era ese edificio, amiga, en la Avenida Libertador, el noveno A llegué a ver que era, el pibe entra y al rato sale, entonces le toco el timbre y me contesta, le pregunto si era Romina Valdez, como me dijo que sí, le dije que era una amiga tuya que vos estabas muy preocupada por ella porque hace tiempo que habías desaparecido; se quedó en silencio, pensé que me había colgado, pero al rato me dice… –hace una pausa.

–¿Qué te dijo? Terminá de contar –le digo impaciente mientras dejo la taza de chocolate sobre la mesa.

–Me dijo que no te preocuparas más, que ella estaba bien, que lo que pasó, pasó y ya, que sigas adelante con tu vida porque ella no va a volver –me mira con pena.

No puedo evitar llorar, tanta angustia acumulada por no saber de Romina durante todo este tiempo y ahora esto. Érica me toma la mano para consolarme.

–Tranquila amiga, sé que no es lo que esperabas escuchar, pero al menos ahora sabés que ella está bien –me dice mientras seca mis lágrimas con sus manos.

–Lo que más bronca me da de todo esto, no es saber que ella ya no quiere estar conmigo, sino que no tuvo los ovarios para decírmelo directamente a mí, todos los mensajes, las llamadas que le hice y no fue capaz de contestar nada, solo desapareció porque nunca le importé un carajo –le digo mientras me ahogo en el llanto.

Érica me abraza con fuerza y yo me aferro a ella.

–Qué bueno que estas acá, amiga, no sé qué haría sin vos en este momento –le digo sin poder contener la angustia.

Al día siguiente, estoy dentro de la habitación de Romina, muy similar a la mía, pero con vista al frente de la casa. Desarmo la cama, retiro las sábanas y las meto adentro de un bolso lleno de ropa ubicado en el suelo, agarro la almohada y no puedo evitar hundir mi nariz en ella para oler el perfume de Romina, enseguida salgo del embrujo de su aroma; enojada saco la funda de la almohada, la tiro dentro del bolso, lo agarro y voy hacia la cocina donde me espera Érica, vestida con ropa de abrigo lista para salir.

–Bueno, vamos a llevar a lavar la ropa y de paso conocés el pueblo –le digo entusiasmada.

Enseguida nos marchamos.

Luego de dejar la ropa en el lavadero decido llevar a Érica a almorzar en "Venancio bar", entramos al local y nos sentamos a la misma mesa que usé aquella vez. Veo a María de espaldas atendiendo una mesa al fondo del local. Enseguida se aproxima a nosotras y se detiene junto a mí.

–Hola ¿Cómo estás? –me pregunta en tono alegre.

Enseguida noto la mirada suspicaz de Érica.

–Bien ¿Vos? ¿Y Simón cómo está?

–Todo bien, Simón debe andar por ahí dando vueltas al pueblo.

–¿Simón? ¿Es tu novio? –le pregunta confundida Érica.

María y yo nos reímos cómplices.

–No, Simón es mi perro –responde risueña María–. No volviste más por acá, parece que no te gustaron las empanadas –me dice María bromeando.

–No… digo… sí, me encantaron, por eso ahora te pido si por favor nos traés seis empanadas, un agua con gas y una cerveza para mi amiga.

–Ay, sí por favor, muero por una "rubia" bien fría –dice Érica entusiasmada.

–Dale, ya lo traigo, ah y gracias por el chocolate –me dice María sonriendo y se retira.

–Bueno, bueno, explicame qué fue lo que pasó acá –me dice reticente Érica.

–¿Qué pasó con qué? –le pregunto haciéndome la desentendida.

–¿Cómo se llama esta morocha hermosa? ¿De dónde la conocés? –me pregunta ecléptica.

–Se llama María, la conocí acá donde trabaja, pero no pasó nada de lo que te imaginás, solo me parece buena onda –le digo restando importancia al asunto.

–Buena onda y hermosa. ¿Viste cómo te miraba? ¿Qué estás esperando? –me dice Érica entusiasmada.

–No te hagas la novela amiga, no estoy para historias de amor y menos ahora –le digo despreocupada.

Al rato aparece María trayendo una botella de agua con gas y el chopp de cerveza para Érica.

–María, mi amiga no nos presentó, soy Érica –le dice amablemente –. Estábamos hablando que sería bueno conocer lugares nuevos, Ámbar hace poco que vive por aca y lo único que conoce es el camino de acá hasta su casa y yo estoy de paseo y la verdad es que me gustaría conocer a fondo este pueblo ¿Vos qué nos recomendarías?

Miro avergonzada a Érica, quien sigue en su juego sin hacerme caso.

–Bueno, hay lugares muy lindos en otras localidades –dice María.

–Perfecto ¿Vos cuándo nos podrías acompañar? –le pregunta Érica a María evadiendo todas mis miradas de desaprobación.

–Disculpanos María, seguro vos estás muy ocupada y mi amiga te está poniendo en un compromiso –le digo avergonzada.

–No hay problema, mañana tengo franco así que estaría disponible –dice despreocupada.

–¡Perfecto! Pasale tu número a Ámbar y mañana a la hora que vos nos digas te pasamos a buscar por la puerta de tu casa –le dice Érica a María.

María saca un anotador y una lapicera del bolsillo de su delantal de cocina negro, escribe un número de teléfono sobre el papel y me lo entrega sonriendo.

–Enseguida les traigo las empanadas –dice María y se marcha para ir a atender otra mesa.

–Vos sos terrible eh –le digo a Érica retándola.

–¿Qué? Mañana tenés una cita. De nada –dice Érica irónica y bebe un sorbo largo de cerveza.

No puedo enojarme con Érica siempre me termina robando una sonrisa.

Después de degustar las empanadas, María llega has nuestra mesa y pago la cuenta, ella intenta darme el vuelto.

–No, dejalo –le digo.

–Gracias.

–Esperamos tu aviso entonces –le dice Érica a María.

–Sí, nos vemos mañana –dice María alegre.

Nos ponemos de pie y nos retiramos del lugar.

Ya estamos nuevamente en la casa y me dispongo a tender la cama en la habitación de Romina, me siento abstraída, dejo las sábanas a medio colocar y tomo mi celular del bolsillo trasero de mi pantalón, me siento en la cama y resuello para tomar valor, abro la aplicación de mensajes y comienzo a grabar un audio para enviarle a Romina.

–Quería que sepas que recibí tu mensaje, hubiera sido bueno que me atendieras alguno de los llamados y decírmelo directamente a mí, pero ya veo que yo te importo un carajo –se me quiebra la voz y hago una breve pausa –. No voy a molestarte más, voy a seguir adelante con mi vida como vos querías, espero que seas feliz, tanto como yo lo fui a tu lado. Adiós –envío el mensaje, veo que efectivamente le ha llegado a Romina, pero nunca sabré si lo escuchó.

Decididamente tengo que dejar atrás a Romina, como ella lo hizo conmigo, trato de convencerme a mí misma de que así será.

Al día siguiente pasamos a buscar a María por la puerta de su casa con mi automóvil, no se encuentra muy lejos, son solo ciento veinticinco viviendas en la zona no es muy difícil llegar.

Recorrimos varios kilómetros hasta llegar al el famoso Cerro Uritorco, la tercera cumbre más alta de la provincia y además la sexta Maravilla Natural de Córdoba. Desde su cima, pudimos apreciar su belleza natural y las increíbles panorámicas; nos contaron sobre sus leyendas y los mitos de las apariciones extraterrestres en la zona. Se suponía que debíamos de sentir una energía especial, pero sinceramente lo único que sentí fue mi pánico antisocial.

En los sucesivos días no laborales de María, recorremos junto a Erica muchos atractivos turísticos de la provincia cordobesa.

Hasta que Érica finalmente regresa a Buenos Aires y las salidas se hacen de a dos. Conforme pasan los días, más cercana está María a mí, pasamos noches apasionadas para saciar los deseos de la carne, aun así, no logro olvidarme de Romina y pronto comienzo a sentirme perdida, vacía.

El invierno, la primavera y el verano pasan como el viento, nunca comencé la huerta, los plantines pierden la vida olvidados en el cobertizo, el otoño nuevamente llega, los grillos vuelven a callar su canto, las hojas se tiñen de naranja, amarillo y marrón, el frío comienza a sentirse nuevamente en los huesos.

Es de madrugada, el sol aún no se asoma y estamos volviendo en mi vehículo manejado por María, yo voy recostada en el asiento del acompañante, estamos alcoholizadas, mi cabeza da vueltas, se me retuercen las tripas y las náuseas van y vienen.

María pierde el control del vehículo y nos salimos de la calle de tierra, en un acto de reflejo ella volantea y volvemos al camino. Reímos a carcajadas, la verdad no sé qué es lo que me causa gracia, pero no tengo control sobre mi persona. Finalmente llegamos a mi casa, María me ayuda a descender del auto, me agarro a su cuello para evitar caerme. Tambaleando caminamos hasta la entrada de la casa, intento abrir la puerta de entrada, pero se me caen las llaves, nos reímos, levanto las llaves y luego de varios intentos por fin logro abrir la puerta. La luz está encendida, al entrar veo a Romina parada mirándome con reproche, con los brazos cruzados.

–¡Ah, pero mira quién apareció! –le digo elevando la voz a María, la cual me mira desconcertada.

–¿Qué carajo estás haciendo Ámbar? –me dice Romina enojada.

–¿Qué carajo estás haciendo vos acá? –le digo respondo, mientras camino hacia ella tambaleando.

Casi llegando a Romina, pierdo el equilibrio y ella me ataja antes de caer y me acompaña hasta sentarme en el suelo apoyando mi cabeza en la pared.

–¿Ustedes vinieron manejando en este estado? –Romina le pregunta reprochándole a María.

–Yo estoy bien –le responde Maria restándole importancia.

–Bien para la mierda estás, rajá de acá pendeja –le dice Romina a María mientras la empuja hacia la salida.

–¿Cómo voy a llegar a mi casa? –pregunta.

–Caminando o a caballo, me importa un carajo, andate de acá antes de que te recague a patadas en el culo –le responde agresiva Romina mientras la agarra del brazo y la saca de la casa.

Enseguida cierra la puerta con llave y me levanta del suelo.

–¿De verdad sos vos o estoy soñando? –le pregunto confundida.

–Mirá cómo estás –dice ella mientras me acompaña hasta el baño –. Vamos que te ayudo a pegarte un baño –mientras me desviste y me ayuda a meterme bajo la ducha de agua tibia –. Terminá de bañarte que te voy a buscar ropa limpia y te preparo un café –dice y se va.

Pronto cierro la canilla de la ducha y salgo de prisa directo al inodoro para vomitar, más aliviada, me repongo y seco mi cuerpo con una toalla, me visto con la ropa que encuentro sobre la bacha, salgo caminando despacio hacia la habitación de Romina y me dejo caer sobre la cama. Enseguida llega Romina con una taza de café humeante.

—Sentate y tomá un poco de café —me dice en tono firme.

—Se me da vuelta todo —balbuceo mientras me incorporo apoyándome sobre el respaldo de la cama.

—Eso pasa cuando tomás de más —me dice retándome mientras me entrega la taza de café.

Agarro la taza y bebo un sorbo, pierdo el equilibrio hacia un costado, Romina me ataja, me quita la taza, se sienta sobre la cama y me ayuda a reincorporarme.

—Tomá el café que te va a hacer bien —me dice y me acerca la taza hacia mi boca.

No logro mantenerme despierta, me deslizo hasta recostarme por completo y me aferro a la cintura de Romina, cierro mis ojos, siento que Romina se va de mi lado y que me tapa con una frazada.

—No me dejes mi amor, quedate conmigo —le digo balbuceando.

—Dormí, ya vas a estar mejor. Yo estoy acá —me dice mientras acaricia mi cabello húmedo.

Luego de varias horas, me despierto sobresaltada, el dolor de cabeza me tiene aturdida. Lentamente me incorporo y me calzo las zapatillas que se asoman debajo de la cama y voy hacia la cocina arrastrando los pies, miro en varias direcciones buscando a Romina, pero no la veo

—Fue un sueño —pienso.

Me siento en una silla, apoyo mis brazos en la mesa y recuesto mi cabeza sobre mis extremidades.

–¿Estás mejor? –escucho la voz de Romina por detrás mío.

Me incorporo suavemente y para mi sorpresa la veo parada frente a mí.

–Era verdad, estás acá, pensé que lo había soñado –le digo en tono suave, mientras me froto la cabeza.

–¿Querés que te prepare un té o algo?

–No, quiero saber qué estás haciendo acá. ¿Cuándo llegaste? –le digo tratando de afirmar mi voz.

–Llegué anoche –me dice Romina mientras carga la pava con agua de la canilla y la pone sobre la hornalla encendida.

–¿Para qué viniste? –le pregunto en tono acusador.

–Alguien me dijo que todavía me estabas esperando –dice mientras se sienta frente a mí.

–¿Érica? –pregunto, afirmando al mismo tiempo.

–Sí, ella me volvió a buscar y me comento que no te veía bien.

–La verdad es que no entiendo que hacés acá, un día desaparecés, no me contestaste más un mensaje, me entero por Érica que no me querés ver más, después de un año volvés como si nada ¿Qué estás haciendo acá? –le pregunto confundida.

–Supe que estabas pasando por un mal momento y pensé que tal vez podía ayudarte –me dice con voz temblorosa.

–¿Pensaste? –le pregunto sarcástica –. Desapareciste sin dar ninguna explicación ¿No pensaste que desde entonces todo es un mal momento para mí? –le digo enojada.

Romina se pone incomoda y se para, se dispone a preparar el té con el agua que acaba de hervir.

Ante su actitud me pongo de pie abruptamente.

–No sé para qué carajo viniste –le digo con enfado y salgo de la casa deprisa por la puerta trasera.

Camino a paso ligero hasta llegar al cauce del río que corre por detrás de la casa, me siento sobre la raíz un árbol, respiro agitada por la caminata. Miro hacia el horizonte con la mirada perdida sobre el atardecer rojizo que comienza a dejarse ver, pensativa, la respiración se va normalizando. A los pocos minutos llega Romina y se para junto a mí.

–¿Puedo sentarme? –me pregunta con voz suave.

Sin apartar mi mirada del horizonte afirmo con la cabeza.

Romina se sienta a mi lado y resuella.

–Hacía tiempo que no veía un atardecer tan hermoso como este –hace una pausa y continúa –. Sé que te debo una explicación.

–Te escucho –le digo interrumpiéndola y le dirijo una mirada con recelo.

–Cuando volví a Buenos Aires, empecé algo que venía postergando –dice acongojada.

–¿Tenés novio, novia o algo allá? ¿Es eso? –le pregunto precipitadamente a Romina.

–No, nada que ver, mirá Ámbar, lo que pasó entre nosotras fue hermoso, conocerte me dio ánimo para seguir adelante, para enfrentar todo lo que vino después.

–¿De qué estás hablando? No entiendo nada –le digo confundida.

–Tuve cáncer en una de mis mamas –dice con la voz entrecortada.

Sus palabras atravesaron la coraza que mantenía hasta ese momento, siento la necesidad de abrazarla, pero me contengo y dejo que continúe su relato.

–El cáncer estaba algo avanzando así que me sometieron a una cirugía, me sacaron el tumor junto con la mama completa, después tuve que continuar con quimioterapia, hace poco me dieron el alta y me hicieron la cirugía de reconstrucción –dice Romina con lágrimas en sus ojos.

–¿Por qué no me dejaste acompañarte en ese momento? ¿Por qué dejaste que pensara cualquier cosa? –le pregunto solloza mientras me pongo de pie.

–Porque no sabía cómo iba a resultar todo, tenía miedo de morirme y como vos ya habías sufrido tanto, no quise hacerte pasar por esto también. Por eso decidí alejarme –dice angustiada mientras se pone de pie y me toma la mano –. Perdoname, quizás me equivoqué, pero quiero que sepas nunca dejé de pensar en vos –continúa diciendo Romina.

Enseguida bajo la guardia, me levanto y la abrazo con fuerza, siento sus brazos que me rodean, vuelvo a sentir esa sensación alegre y nerviosa en el estómago.

–No sabes cómo te extrañé –le digo al oído llorando –. Por favor no te vuelvas a ir –le suplico y la abrazo con más fuerza.

–No, mi amor, volví para quedarme –dice Romina con voz suave.

Pronto recorro con mis labios, cada facción del rostro de Romina, beso sus mejillas, sus ojos, sus pómulos, su nariz, hasta que nuestras bocas se unen en un apasionado y prolongado beso. No puedo describir la felicidad que siento en este momento, como si todo este tiempo lejos de ella nunca hubiera existido, como si nunca se hubiera ido.

Entre risas y abrazos volvemos hacia la casa y nos topamos con María, la incomodidad se hizo presente entre nosotras tres.

–Te espero adentro, no tardes que está haciendo frío –me dice Romina, me besa y se encamina hacia la entrada cruzando su mirada desafiante con la de María, sin detener su paso y entra a la casa.

–Perdoname María, te iba a escribir pero… –le digo mientras me acerco unos pasos a ella.

–Sí, ya veo que estás ocupada –me dice irónica interrumpiendo mi relato –. Supongo que ella es la mina por la que estuviste llorando hasta ayer y ahora aparece y te vas corriendo atrás de ella –dice fastidiosa.

–Pasaron cosas que yo no sabía… –le digo cabizbaja.

–¿Quién te asegura que no va a volver a desaparecer? –pregunta molesta.

–María… –resuello tratando de encontrar las palabras para no herirla.

–No hace falta que digas nada, hacé lo que quieras, pero después no vuelvas llorando cuando esta mina te vuelva a dejar –sin medir más palabras María se marcha a paso acelerado.

Entro a la casa, me quedo parada frente al fuego de la chimenea pensativa, Romina se acerca.

–No tenés de qué preocuparte, no me voy a ir a ningún lado –me dice Romina.

–¿Estabas escuchando? –le pregunto sorprendida.

–Vendí la empresa, mi departamento, no me queda nada allá en Buenos Aires, solo somos vos y yo, al menos por ahora –dice enigmática.

–¿Qué querés decir con "por ahora"? –le pregunto curiosa.

–Bueno, siempre soñé con tener una familia ¿Te gustaría? –me pregunta mientras me agarra las manos.

La pregunta me toma por sorpresa, resuello y titubeo. Romina comienza a reír, la miro y me sonrío tentada por su risa.

–Tu cara de susto –dice Romina risueña.

–Es que me asusta un poco la idea de tener un hijo o una hija, no saber qué hacer si llora, si le duele algo –le digo preocupada.

–En realidad podría llegar a ser un hijo, una hija o varios a la vez –dice jocosa.

–¿Qué? –le pregunto espantada.

Romina ríe sin parar, mi cara de susto debe ser muy notoria.

–Sos hermosa, te amo –dice Romina y me besa mirándome a los ojos.

–Te amo –le digo sonriendo.

Pronto nos unimos en un fuerte y conmovedor abrazo.

Así han pasado días, semanas y meses. El verano comienza a sentirse, los grillos vuelven a cantar, las flores y plantas florecen, mi huerta por fin ha dado su cosecha, los limoneros y los naranjos nos dan sus frutos para refrescar los días calurosos con ricos jugos naturales.

Romina está parada en el zaguán trasero, la abrazo por la espalda y acaricio su vientre de nueve meses de embarazo, Romina toma mis manos y contemplamos el paisaje de nuestro hogar.

–¿Sentiste? –me pregunta alegre.

–Sí. ¿Esa habrá sido Sara o Margarita? –pregunto con alegría.

Sonreímos mientras me aferro aún más a las caderas de Romina y beso su mejilla.

A veces miro hacia atrás y recuerdo todo lo que he vivido, aquellas cosas que nunca deberían haber sucedido pero que lamentablemente sucedieron, el camino sinuoso y oscuro en el que caminaba y cuando estaba a punto de caer al precipicio, en el momento menos esperado, la luz del amor salvó mi vida.

No es fácil entender, perdonar y sanar el pasado, es más, no creo haber ganado esa batalla aún, pero sí estoy segura que hoy tengo un presente lleno de felicidad, y el futuro, esa es la mejor parte, porque aún está por llegar y puedo dar todo de mí para que día a día sea cada vez mejor.

EPÍLOGO

Esta es la historia de Ámbar, una mujer treintañera con un pasado doloroso, que acaba de salir de la cárcel y comienza un viaje para escapar de los recuerdos que la torturan, por eso adquiere una modesta casa en Villa Cañada del Sauce, una localidad pequeña situada en el departamento Calamuchita, provincial de Córdoba, Argentina. En el viaje hacia su nueva vida conoce a Romina, una hermosa ex modelo y empresaria de la moda. Ambas coinciden en la misma vivienda y conviven por algunos días, donde Ámbar comienza a sentirse atraída por ella, en medio de este enamoramiento utópico se descubre el pasado tortuoso de Ámbar, lo que genera controversias entre ellas. Un acontecimiento inesperado las separa y desde entonces todo se vuelve cuesta arriba; la oscuridad se apodera nuevamente de su ser; solo queda saber si Ámbar se animará a mirar la vida y cambiar su destino.

SOBRE LA AUTORA

Nadia Cecilia Lavarda, nació en Buenos Aires, Capital Federal, el 19 de marzo de 1983, fue criada en el barrio de San Justo, La Matanza. Actualmente reside en el barrio de San Cristobal, Capital Federal, junto a su mujer Florencia. Tienen una hija canina llamada Lupe. Es ex jugadora de futbol profesional.

Se recibió de Realizadora Audivisual en la Escuela Municipal de Lomas de Zamora y realizó diversos cursos relacionados con el arte, entre ellos un taller de guión, en el Centro Cultural Ricardo Rojas. El amor por la escritura siempre estuvo presente en ella, desde la primaria escribía cuentos, pero terminó de desarrollar su inquietud por la escritura en la secundaria, gracias a su profesora de literatura. Comenzó a escribir poesía hasta llegar a "Ojos Verdes", fue un largo camino, pero finalmente dio sus frutos.

SANGRE BLANCA

La segunda novela de

NADIA LAVARDA

Anya, es una mujer nacida en Buenos Aires, Argentina, que presenta problemas de conducta violenta, los cuales son arrastrados desde su adolescencia. Luego de perder a su madre y a su pequeña hermana en un accidente automovilístico, emigra a la ciudad de Los Ángeles, California, en búsqueda de su padre. Las cosas no salen como esperaba y termina enredada en peleas clandestinas para sobrevivir, hasta que Toni, un boxeador retirado, interviene en su vida convirtiéndose en su protector y mentor, enseñándole a pelear por la gloria arriba del ring.

En un día de entrenamiento que parecía ser normal, aparece Chris, una famosa actriz latina que triunfa en Hollywood, a la que Anya debe entrenar para la interpretación de su próxima película. La atracción sexual entre ambas es inmediata pero las adicciones de Chris llevan a la relación al límite; en medio del conflicto Anya debe enfrentarse a la pelea más importante de su carrera, pero un hecho inesperado cambiará el rumbo de sus vidas.

NADIA LAVARDA Autora de OJOS VERDES, Animarse a mirar la vida puede cambiar tu destino.

 NadiaLavardaEscritora

 @NanuLav19

 nadlav19@gmail.com

 @nanulav

Nadia Lavarda

www.ingramcontent.com/pod-product-compliance
Lightning Source LLC
Chambersburg PA
CBHW071940120726
48001CB00005B/1981